Die 77 Romane von Konrad Salik

Wolfgang Brenneisen

hat Bücher geschrieben
und Ausstellungen gemacht.
Weitere Informationen unter:
https://de.wikipedia.org/wiki/Wolfgang_Brenneisen

Wolfgang Brenneisen

Die 77 Romane von Konrad Salik

Herstellung und Verlag:
BoD – Books on Demand, Norderstedt
ISBN 9783754379271

Inhalt

Vorwort zur Neuauflage

Fast vier Jahrzehnte ist es her, dass der Band „Die fünfzig schönsten ungeschriebenen Romane von Konrad Salik" bei der Elefanten Press, Berlin, erschienen ist. Begreiflicherweise oder auch unbegreiflicherweise findet man ihn nicht mehr in den Buchhandlungen.

Seitdem ist viel passiert. Die Sowjetunion hat sich aufgelöst, die Europäische Union ist entstanden, die D-Mark gibt es nicht mehr, der Klimawandel beschleunigt sich, die Digitalisierung greift um sich, desgleichen der Corona-Virus u.v.m. Besonders aber ist hervorzuheben, dass es die stolze Elefanten Press nicht mehr gibt. Dieses imposante, scheinbar unverwüstliche Wesen wurde von einem noch größeren problemlos geschluckt. Eine Zeitlang geisterte noch der schöne Name des massigen Vierbeiners durch die trügerische Welt der Verlage, dann war es auch damit vorbei. Omnia vanitas, R.I.P.

Geblieben aber ist – Konrad Salik, der große Epiker, der großartige Romanschreiber, der Balzac und Dostojewski unserer Zeit. Leider ist er auch weiterhin der große Unbekannte geblieben, dessen Werke immer noch der Publikation harren. Desungeachtet hat Salik ständig und rastlos sein Oeuvre erweitert und einen Roman nach dem anderen geschrieben. Denn entgegen der Ankündigung durch die Elefanten Press hat Konrad Salik sehr wohl alle seine Romane geschrieben und nur einen einzigen geschreddert (wobei selbst dieser durch scharfsinnige Doktoranden restituiert worden ist).

In dieser Situation unternimmt „edition imme" den Versuch, in einer zweiten und stark erweiterten Auflage erneut auf den genialen Dichter hinzuweisen, in der nicht unbegründeten Hoffnung, das zuständige Nobelpreiskomitee hellhörig zu machen. Überdies ist diese Ausgabe reich bebildert, sodass auch einfacher veranlagte Leser mitbekommen, wovon Konrad Salik spricht und handelt.

Wolfgang Brenneisen, 2022

Vorwort zur ersten Auflage

Diese Monographie ist als erste Einführung in das Werk Konrad Saliks gedacht, des verkannten großen Dichters, der in der Geschichte der deutschsprachigen Literatur noch immer nicht den Platz erhalten hat, der ihm gebührt. Eine lebenslange Beschäftigung des Herausgebers mit seinen Romanen steht dahinter, eine eingehende Analyse jedes Einzelwerks. Wegen des begrenzten Umfangs der Publikation scheint es unmöglich, alle namentlich zu erwähnen und zu würdigen, die mir mit ihren Beiträgen behilflich gewesen sind. Ich bitte um Nachsicht, wenn ich stellvertretend nur diejenigen aufführe, ohne deren Mitwirken entscheidende Lücken in der Darstellung geblieben wären.

So danke ich ganz besonders: Professor Muser von der Universität Tübingen, dessen Fachkenntnis bei der Deutung der „Tetralogie" unerlässlich gewesen ist; Sönke Jepsen, Ortsvorsteher, der die Geburt eines Konrad Salik im Dorf Schnatebüll notfalls beeiden würde; dem Bundesinnenministerium, das die Herausgabe dieser Publikation keinesfalls behindern wollte; dem jungen Doktoranden Tunt von der Freien Universität Berlin, der in vorbildlicher Weise die Bedeutung der einstigen Zweiteilung der Stadt für den Dichter herausgearbeitet hat; dem Suhrkamp-Verlag, der eine historisch-kritische Ausgabe der Werke Saliks im Rahmen der im Deutschen Klassikerverlag erscheinenden „Bibliothek Deutscher Klassiker" vorbereitet und nur noch auf das Ableben des Autors wartet; dem Förderkreis Literatur der Deutschen Industrie (FöLDI), der namhafte Geldbeträge für die weitere Forschung in Aussicht gestellt hat; der Elefanten Press, die wieder einmal da tätig geworden ist, wo die anderen geschlafen haben – und natürlich Mikusch von Rabenfeldt, dem väterlichen Freund.

9

Zu danken ist ferner auch all den mitwirkenden Rezensenten und Schriftgelehrten der Zeitungen, als da sind: Frankfurter Allgemeine Zeitung, Süddeutsche Zeitung, Frankfurter Rundschau, Welt, Stuttgarter Zeitung, Spiegel und Zeit. Die trefflichen Kommentare wurden wie zarte Pflänzchen behutsam in die neue Umgebung eingefügt, doch immer so, dass die Schönheit und Würde der Worte erhalten blieb. Konrad Salik sei Zeuge!

Wolfgang Brenneisen, 1985

Konrad Salik – ein biographischer Abriss

Konrad Salik ist der große Unbekannte der deutschsprachigen Literatur, lange unbeachtet, lange unterschätzt, erst in jüngster Zeit in das Bewusstsein einer kleinen, gebildeten, wachen Minderheit gerückt. An seiner Existenz kann mittlerweile nicht gezweifelt werden, wenn Salik auch eine geheimnisumwitterte Gestalt bleibt. Es zeugt von seinem inneren Adel, wenn er, im Dienste des Wortes, nur sein Werk für sich sprechen lassen will und es verschmäht, die Aufmerksamkeit auf seine Person zu lenken.

So wird die Aufgabe des Biographen immer schwierig sein. Die Dokumente sind spärlich und zum Teil fragwürdig: eine Postkarte vom Comer See mit einer kaum leserlichen Unterschrift, eine Zahlungsanweisung an die Itzehoer Stadtsparkasse, ein Taschentuch mit den eingestickten Buchstaben K.S., ein paar verschwommene Fotos, für deren Echtheit sich Zeugen verbürgen.

Und doch ist die Aufgabe nicht unlösbar. Wer mit wachem Verstand und mitfühlendem Herzen die Manuskripte der 77 Romane gelesen hat, wird erkennen, dass dies keine Literatur aus der Retorte ist. Das hat das Leben selbst geschrieben, und es ist das Leben Konrad Saliks: Bruchstücke einer großen Konfession. Aus vielen Mosaiksteinchen lässt sich das imposante Bild des genialen Mannes zusammensetzen.

Wenn auch in keinem seiner Werke beschrieben, können wir die Geburt des Dichters als gesichert ansehen. Sie dürfte in dörflicher Umgebung und zu Beginn der Dreißigerjahre erfolgt sein, innerhalb der Grenzen des damaligen Deutschen Reiches. Eine räumliche Fixierung erscheint schwierig, wenn auch manches für das schleswig-holsteinische Schnatebüll spricht.

Der „Tetralogie" entnehmen wir, dass Salik aus einer Artisten-Familie hervorgegangen ist. Man muss sich eine Art Kleinzirkus vorstellen, der durch die deutschen Lande reist, ja auf seinen Tourneen auch die

Alpenländer und Oberitalien miteinbezieht. Wiewohl also der kleine Konrad auf eine solide Schulbildung verzichten muss, kann man sich eine günstigere Umgebung für einen heranwachsenden Dichter nicht vorstellen. Ungezählten Menschen begegnet er, die unterschiedlichsten Physiognomien schieben sich in sein Gesichtsfeld, schreckliche wie engelhafte, wohlklingende Laute und schauerliche Dialekte dringen an sein empfindsames Ohr. Kurz, die Welt bietet sich ihm dar in ihrer ganzen erregenden Buntheit und Fülle.

Die Mutter, der alten Offiziersfamile von Bókessy entstammend und wegen der Heirat mit dem dunkelhäutigen Felipe verstoßen, hat dem kleinen Konrad das Schreiben beigebracht – ein bedeutsamer Schritt im Leben des Kindes. Bald schon sind ihm die Kunststücke, zu denen ihn der Vater abrichten will, im tiefsten Herzen zuwider, jeden Augenblick benutzt er dazu, Papier, gleich welcher Art, mit Schriftzeichen zu bedecken. Obwohl ihn der Vater als Versager betrachtet, können wir die Kindheit des jungen Konrad insgesamt als glücklich und erfüllt bezeichnen.

Da trifft ihn jäh ein furchtbarer Schicksalsschlag. Auf dem Weg ins Winterquartier bricht der Elefant, der die Familie trägt, durch die morschen Planken eines Holzstegs, und alles fällt in die reißende Iller. Das Tier rettet sich aufgrund seiner Instinkte an das rettende Ufer und zieht mit seinem Rüssel Konrad mit, während Vater und Mutter auf ewig in den Fluten verschwinden. Die Behörden, denen das fahrende Volk schon lange ein Dorn im Auge gewesen ist, stecken Konrad in ein Heim für schwer erziehbare Kinder bei Augsburg.

Die folgenden Jahre bleiben für den Biographen in Dunkel gehüllt. Wir können davon ausgehen, dass der freiheitsdurstige Junge bald aus dem Heim geflüchtet ist. In dieser Zeit wird er gelernt haben, unterzutauchen, sich durchzuschlängeln, seine Identität zu wechseln. Wir vermuten, dass er schließlich in einem Pfarrhaus in der Steiermark untergekommen ist, getarnt als Ministrant. In der Bibliothek des großherzigen, lebenslustigen Geistlichen wird der Junge sich seine erstaunlichen literarischen Kenntnisse angeeignet haben.

Jedenfalls sehen wir den hochtalentierten Jüngling 1947 am Bannwaldsee im Allgäu. Er liest der Gruppe 47 aus seinem Schumm-Roman vor – und trifft auf das völlige Unverständnis von Hans Werner Richter, der sich bei Saliks Vortrag ostentativ die Fingernägel reinigt und störend schnauft. An diesem Tag schwört sich Konrad Salik, nur noch der Stimme seines Herzens zu folgen. Er geht seinen Weg, abseits der breiten Straße, auf der sich Cliquen tummeln und literarische Kumpel untergehakt entlangtorkeln.

Wie aber hat sich der junge Mann in dieser schwierigen Zeit am Leben erhalten? Er, der Diener des Wortes, hat die Ärmel hochgekrempelt, hat, einem damals allgemein üblichen Brauch folgend, in die Hände gespuckt und sich durchgeschlagen: als Aushilfskraft in einer kleinen Berliner Wurstbraterei. Nachts aber, im Licht einer nackten Glühbirne, schreibt er seine großen Romane…

1948 hat er Ernst Rowohlt das Manuskript seines glänzenden Romans „Göttergräber der Archäologie" geschickt, der ein Jahr später als bebildertes Sachbuch unter einem hochstaplerischen Autorennamen herauskommt und den Verlag in die fetten Jahre führt. Konrad Salik erhält zwei Belegexemplare und 50 Mark.

Aufgrund permanenter Geldverlegenheit gerät er in die Fänge des Literaturagenten Ablotzki und liefert Exposés für in Ideennot geratene Dichter. Thomas Mann, der schon Hartmann von Aue wacker ausgeplündert hatte und nun bei seinem „Felix Krull" ins Stocken geraten war, kann seinen Schelmenroman endlich abschließen. Siegfried Lenz zeigt plötzlich unerwartete Fabulierlust und –kunst in seinen masurischen Geschichten. Günter Grass braucht ein bisschen länger, aber der Erfolg der „Blechtrommel" entschädigt ihn für seine Mühe. Sie alle dürften auf die diskreten Umschläge Ablotzkis gewartet haben, der Salik für jede Lieferung 20 Mark bar auf die Hand zahlt…

1959 wirft Konrad Salik alles hin, Wurstpfanne und Feder, nachdem er Ablotzki ein letztes Exposé mit dem Titel „Der Hund des Malers" gegeben hat (Ablotzki, dieses Schlitzohr, verkauft die Blätter gleich zweimal, an Lenz und Grass, die gehörig daran zu kauen haben und schließlich mit den „Hundejahren" und der „Deutschstunde" an die Öffentlichkeit treten). Unser Dichter schüttelt des Staub Europas von den Schuhen und schifft sich als Heizer ein. Völlig mittellos, aber mit offenen Sinnen betritt er in Tanger afrikanischen Boden.

Afrika – wer mag ermessen, wie diese Begegnung Konrad Salik aufgewühlt hat! Zwölf Jahre streift er durch den gewaltigen Kontinent. Das harte Licht der afrikanischen Sonne tilgt alles, was an abendländischer Blässe noch in seinen frühen Romanen gewesen sein mag. Hier findet der Dichter endgültig zu der Wucht der Sprache und zu der klaren Handlungsführung, die wir an seinem Werk so bewundern.

Hier begegnet er auch, nun schon über dreißig, der Liebe, der er sich in der Wurstbraterei und im Dienste Ablotzkis versagen musste. Im Aufruhr der Gefühle schreibt er das einzige Gedicht, das wir von ihm kennen und das ihn als begnadeten Lyriker ausweist:

> *„O dunkle Gazelle*
> *Unter dem Affenbrotbaum... "*

1968 hört Salik von umwälzenden Ereignissen in seinem Heimatland. Er beschließt zurückzukehren, betritt aber, da er den Landweg wählt und überall mit afrikanischer Gastfreundschaft empfangen wird, erst 1971 deutschen Boden, mit einem Rucksack voll von Notizen, Skizzen und Manuskripten. Dieses Gepäck macht ihn sofort verdächtig, er gerät in mehrwöchige Untersuchungshaft, während der – aus uns nicht bekannten Gründen – ausgerechnet die Passauer Staatsanwaltschaft seine Schriften gewissenhaft durcharbeitet. Staatsanwalt Raindl, ein Liebhaber schöngeistiger Literatur, lektoriert unentgeltlich die Manuskripte, wobei der große afrikanische Liebesroman von Salik, der von heißer Erotik durchpulst ist, unerklärlicherweise verloren geht, ferner vier weitere große Werke, über deren Verbleib nichts in Erfahrung zu bringen ist. Der Rest wird, leicht gekürzt, dem Dichter gegen Quittung ausgehändigt.

Wieder auf freiem Fuß, begegnet er in einem Münchener Biergarten Hans Magnus Enzensberger und liest ihm aus seinem „Roman der Großen Revolution" vor. Unter geräuschvollem Schlürfen aus dem Großen Maßkrug gibt ihm Enzensberger zu verstehen, dass er sich im fernen Afrika wohl ein falsches Bild von der deutschen Umwälzung gemacht habe, hier sei man schon wieder weiter, überhaupt sei der Roman tot usw. usw. Tief entmutigt wirft Konrad Salik das unersetzliche Manuskript in die Isar.

1980 unternimmt Konrad Salik seine denkwürdige Reise in die USA und sucht in Los Angeles Charles Bukowski auf. Wie anders wird er hier empfangen als von den dünnblütigen deutschen Literaten! In einem alten Chevrolet tuckern die beiden auf der berühmten One-O-One nach Süden und lassen keine Bar, keine Rennbahn, kein preiswertes Bordell aus. In San Diego besuchen sie das Delphinarium, stürzen sich bekleidet zu den intelligenten Säugern und versuchen, in deren Formation mitzuschwimmen. Drei Tage müssen die beiden Vollblutdichter wegen groben Unfugs im City-Gefängnis absitzen, bis sie weiterfahren können nach Tijuana, Mexiko... Mit einem Kopf voller Bilder und einem Koffer voller Notizen kehrt Salik nach Frankfurt zurück, passiert diesmal ungeschoren alle Kontrollen und geht seiner Berufung nach.

Mit dieser letzten Angabe muss sich der Biograph mangels verlässlicher Dokumente begnügen. Denn mag auch das Ableben des Helden eine Vita besonders befriedigend abrunden, wir können nicht gegen die Wahrheit verstoßen: Konrad Salik lebt und schreibt und lebt und schreibt, und ein Ende ist nicht abzusehen...

Der Elefant und ich
gehen in die Manege.

Die Tetralogie I

Ein Entwicklungsroman in vier Bänden

Nur Konrad Salik konnte es wagen, sein Werk mit einer Tetralogie zu eröffnen. Und das im zarten Alter von acht Jahren! Dieses gewaltige Werk trägt autobiographische Züge und ist vom Dichter eigenhändig illustriert worden – ein Leckerbissen für die Salik-Forschung!

Der jugendliche Held hat Vater und Mutter verloren, sodass ihm nichts geblieben ist als Erwin, der einfältige, aber treue Elefant, den die raffgierigen Gläubiger verschmähten. Doch schon jetzt zeigt der junge Konrad – denn er ist es natürlich – unerschütterlichen Lebensmut. Auf dem Rücken der gutmütigen Kreatur zieht er kühn in die Welt, die ihn mit Fauchen und Peitschenknall empfängt, und so endet der erste Band mit den herausfordernden Worten: „Der Elefant und ich gehen in die Manege…"

„Konrad Salik erzählt hier eine Leidensgeschichte, seine bohrende Aufmerksamkeit gilt einem Gekränkten und Gefährdeten, einem Außenseiter am Abgrund. Und dieser Mensch, die interessanteste, wichtigste und überzeugendste Figur seines ganzen literarischen Werks, ist kein anderer als er selbst, der künftige Schriftsteller Konrad Salik."

Marcel Reich-Ranicki

Der Elefant zeigt seine Kunstücke.

Die Tetralogie II

Ein Entwicklungsroman in vier Bänden

Musik! Musik! Der Elefant zeigt seine Kunststücke, macht Männchen und spricht Französisch nach Elefantenart. Was so leicht und heiter aussieht, ist in Wirklichkeit der Kampf um das nackte Überleben.

Davon handelt der zweite Teil der Tetralogie, das Hohe Lied auf Erwin, den Elefanten, der sich nur blöd gestellt hat, um unbehelligt zu bleiben. Nun aber, in Zeiten der Not, zieht er alle Register. Ein paar Münzen fallen auf den Boden, und wieder reicht es für etwas Heu und eine Schnitte Brot…

„Diese Autobiographie ist ein Entwicklungsroman, dessen jugendlicher Held einen schmerzhaften, ja grausamen Erziehungsprozess durchmacht."

Marcel Reich-Ranicki

Der Elefant und ich begrüßen die Zuschauer.

Die Tetralogie III

Ein Entwicklungsroman in vier Bänden

Die Gräfin mit den Spuren vergangener Schönheit neigt sich herab und reicht ihre schneeweiße Hand: Die Tore zur feinen Gesellschaft tun sich dem Jüngling auf. Mit dem seltenen indischen Tier eilt er von Fest zu Fest, hände- und rüsselschüttelnd, das Feuer der Jugend brennt in seinen Augen und Lenden, die Damen drängen zum Akt. In strahlendes Licht taucht der Dichter den dritten Teil seiner Tetralogie, doch der Leser sieht die dunkle Wolke des Verhängnisses heraufziehen…

„Hier dominiert der emotional bestimmte, oft leidenschaftliche Blickwinkel des Jungen und Halbwüchsigen. Nicht das Räsonieren oder Argumentieren ist seine Sache, sondern das Evozieren."

Marcel Reich-Ranicki

Den Elefant und ich gehen wieder zurück

Die Tetralogie IV

Ein Entwicklungsroman in vier Bänden

Aus, alles aus, es ist aus! Als Opfer einer teuflischen Intrige rettet sich Konrad – das kann nur das Leben geschrieben haben, denn wer könnte sich so etwas ausdenken! – gegen null Uhr dreißig notdürftig bekleidet in die gräflichen Stallungen und flüchtet auf Erwins Rücken. Langsam verschluckt die Dunkelheit Fackeln, Geschrei und mörderisches Hundegebell. Im Morgengrauen trottet Erwin über die Grenze. So kehren sie wieder zurück, zurück ins Elend…

„Die Tetralogie ist Konrad Saliks reichstes und reifstes Werk. Sie gehört zu den großen literarischen Dokumenten unseres Jahrhunderts.“

Marcel Reich-Ranicki

Die Waldklinik

Ein Arztroman

Ja, hier möchte man krank sein, wenn es schon gar nicht anders geht. Die Tannen rauschen, ein Bächlein gluckert, der Kuckuck ruft unentwegt, als stünde er im Dienste der Krankenkasse: Kuckuck! Kuckuck! Und noch einmal: Kuckuck! Das beruhigt die aufgeregten Nerven, und wenn dann der blonde, hochgewachsene Professor Bernhardt an das Bett des Patienten tritt, wünscht sich dieser, der Heilungsprozess möge nie ein Ende nehmen.

So idyllisch beginnt Konrad Saliks Arztroman, aber wie man weiß, neigt das Milieu zu dramatischen Spannungen und gefährlichen Konflikten. Der Dichter enttäuscht uns nicht. Diana, eine attraktive Patientin mit wunderschönen braunen Haaren und ausdrucksvollen Augen verliebt sich in den Professor. Eine zärtliche kleine Romanze entfaltet sich da. Mit Sorge nimmt der Leser jedoch zur Kenntnis, dass ein anderer Patient, Harro von Winterhausen, ein Auge auf Diana geworfen hat. Selbst von gepflegtem, ansprechendem Äußeren wirkt er allerdings durch seine Angewohnheit, häufig zu lächeln und dabei seine blendend weißen Zähne zur Schau zu stellen, etwas hinterhältig. Und tatsächlich, als sich der Professor eines Tages über Dianas Bett beugt (wir wissen nicht, was er vorhat) stürzt sich Harro von Winterhausen von hinten auf den nichtsahnenden Mediziner – und beißt ihn ins Bein! Jetzt erst offenbart Salik, dass Harro ein Schäfer-hund, Diana ein Collie und das Haus eine Hundeklinik ist. Der Professor bleibt Professor, und vielleicht ist es gut, dass ihn Harro von Winterhausen von etwas abgehalten hat, was er später vielleicht bereut hätte…

„Der Leser fühlt sich den Gestalten Saliks, die sich so mühen, irgend-wie mit ihrer Lage zurechtzukommen, ohne sich ganz preisgeben zu müssen, sofort verbunden."

Michi Strausfeld

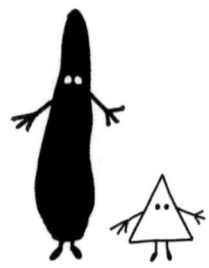

Das Große und das Weiße

Ein symbolischer Roman

In diesem Roman verlassen etwas Großes und etwas Weißes zusammen das Haus und gehen die Straße entlang. Sie gehen und gehen also, kommen an den unterschiedlichsten Gebäuden vorbei, ohne einem Menschen zu begegnen. Es wird nicht viel gesprochen in diesem Roman, genau betrachtet gar nichts. In dem Unausgesprochenen jedoch schwingt viel Bedenkenswertes mit. Am Ende kehren das Große und das Weiße nach Hause zurück, und es ist wie am Anfang.

„Gerade diese in sich gekehrte und monologische Dichtung, die sich nie um das Publikum zu kümmern scheint, ist, was wir dringend brauchen und was in unserer zeitgenössischen Literatur immer noch Seltenheitswert hat."

Marcel Reich-Ranicki

Die Nummer EINS

Ein Jugendroman

Was wissen wir von der heutigen Jugend? Genau genommen nicht viel – und die Eltern rein gar nichts. Abgründe gähnen und klaffen zwischen den Generationen. Da ist Konrad Saliks Jugendroman wie eine Offenbarung. Eine Welt tut sich auf, welche die einen fasziniert und die anderen verstört.

In dem Roman spielen mit: Mike, Scholle, Rudi, Arsch, Bommel und Schmitt, alle männlich, einerseits, und Tina, Schnecke, Lady, Doo, Madonna und Lou, alle weiblich, andererseits. Also zwölf Charaktere, zwischen denen sich vielfältige Beziehungen entfalten.

Lady ist bei Mike anfangs unangefochten die Nummer EINS, während sich Madonna weit abgeschlagen mit Nummer SECHS begnügen muss. Aber so nach hundert Seiten sieht Mike die Dinge anders: Lady fällt zurück auf Platz DREI, während Madonna Boden gut macht, auf Seite 200 tatsächlich an Lady vorbeizieht und sich zur Nummer ZWEI mausert. Die Nummer EINS wird vorübergehend – Bommel, doch so kann das natürlich nicht bleiben. Bommel war nur eine vorübergehende Verirrung.

Überraschenderweise hängt Schnecke, der man bei Mike keine Chancen eingeräumt hatte, alle ab. Behauptet sich sechs Wochen lang ganz oben. Ja, das sind rasante Geschichten, und es wird einem ganz schwindlig, wenn man erfährt dass Scholle die ganze Zeit die Nummer EINS bei Madonna geblieben, Schmitt bei ihr aber von ZWEI auf FÜNF gefallen ist!

Als dann auf Seite 400 ein Oldie namens Elfriede hereinplatzt, die Charts total durcheinander wirbelt und ausgerechnet Arsch – das Familienministerium, Abteilung Anstand und Sitte, möge sich beruhigen, das ist beileibe kein Schimpfwort, sondern unter Jugendlichen ein

Ehrentitel – zur Nummer EINS kürt, bricht Konrad Salik auf dem Höhepunkt der Verwirrung ab und lässt den Leser in tiefer Ratlosigkeit zurück. Ein starkes Stück eines kraftvollen Erzählers, dessen Herz jung geblieben ist!

„Konrad Salik hat sein Thema und weiß es auch zur Sprache zu bringen – unter Schmerzen vermutlich und gegen eigene Widerstände."

Harald Hartung

Die Seher aus Hollywood

Ein dystopischer Roman

Die Vermutung liegt nahe, dass Konrad Salik bei diesem Roman einen Hintergedanken gehabt hat. Möglicherweise wollte er einen Köder für Hollywood auswerfen, mit der Abtretung der Filmrechte einen Reibach machen und fortan das sorgenfreie Leben eines Millionärs führen. Also dichtet er: Laurel und Hardy, die einflussreichen Komiker, gewinnen unabhängig voneinander – der eine, als ihm ein Sahnetörtchen ins Gesicht klatscht, der andere beim Besuch seiner Cousine – die Einsicht, dass die Tage der Menschheit gezählt sind. Das ist insofern visionär, als von der Klimakatastrophe damals noch keine Rede ist (obwohl allenthalben intensiv an ihrem Eintreten gearbeitet wird).

Die beiden sehen also mit ihrem prophetischen Blick, wie die Insekten die Erde überschwemmen. Dass dies nicht so weit hergeholt ist, lehrt das Beispiel der erbarmungslos verfolgten Stubenfliege, die, eben zur Strecke gebracht, an anderer Stelle wieder munter auftaucht. So erheben Laurel und Hardy prophetisch ihre Stimme und benutzen jede ihrer späteren Produktionen, um vor den hinterhältigen Kakerlaken und den mörderischen Wespen zu warnen. Vergebens – ihre Kassandrarufe verhallen ungehört, ja werden geradezu artig belacht. So ziehen sie sich aus dem öffentlichen Leben zurück, der eine geht nach Miami Beach, der andere wird von einem Auto überfahren. Bei seinem Begräbnis zirpen hinter den Grabsteinen höhnisch die Zikaden.

„Konrad Saliks Figuren sind einem bedrohlich-umfassenden Geheimnis auf der Spur, einem paranoid eingebildeten, chimärischen System, von dem sie aber auch nicht mehr als einen Zipfel zu fassen bekommen."

Jörg Drews

Kopf und Schwanz

Ein Wirtschaftsroman

Wer vor dem Wirtschaftsteil einer Zeitung dasitzt wie der Ochs vor dem Berg, möge Konrad Saliks Roman über die Wunderwelt ökonomischer Beziehungen lesen (wenn er endlich publiziert wird). Mit einfachen, plastischen Bildern gelingt es dem Dichter, verwickelte Verhältnisse so einsichtig zu machen, dass selbst Sie, verehrter Leser, manches begreifen können.

Man stelle sich eine erfolgreiche Firma wie ein tüchtiges, dynamisches, dabei an die Außenwelt hervorragend angepasstes Wesen vor. Fressen oder Gefressenwerden, auf diese darwinistische Formel lässt sich die komplexe Wirklichkeit reduzieren.

Die Firma EXXE ist die erfolgreichste von allen, sie schluckt, was ihr vor den Rachen kommt, wird groß und fett. Und scheinbar unüberwindlich. Doch nach und nach erwächst aus ihrer schieren Größe eine lebensbedrohliche Gefahr. Populär gesprochen weiß der Schwanz nicht, was der Kopf will, oder erfährt es spät, ja zu spät.

Kein Wunder, dass höchst unbedeutende, aber skrupellose Konkurrenten an diesem Schwanz zu knabbern beginnen (um im Bild zu bleiben). Schließlich ist es nur konsequent, dass EXXE eines Tages einfach zusammenbricht - ein fetter Braten für mausähnliche Säugetiere.

Sie haben richtig gelesen: Konrad Salik hat im Grunde vom Aufstieg und Fall der legendären Dinosaurier geschrieben. Aber die Interpreten und Schriftgelehrten haben sich noch nie mit dem Offensichtlichen zufrieden gegeben, und dem Dichter wäre es wurscht, was alles hinein- und herausinterpretiert wird – Hauptsache, die Kohle stimmt.

„Selten gibt es Bücher, die den Leser wie ein Sog in ihren Bann ziehen. Man vergisst bei der Lektüre alles um sich herum. Bei Konrad Saliks fulminantem Roman ist es mir seit langem mal wieder so ergangen."

Alexander U. Martens

Die Schumms

Ein Familien-Epos

Adolf Schumm, Grete Schumm und Bruno Schumm – diese unselige Familie steht im Mittelpunkt dieses 1947 begonnenen Romans, in dem sich Konrad Salik als großartiger Chronist der Fünfziger-Jahre erweist.

Adolf Schumm hat es nach langen Dienstjahren zum Stationsvorsteher des örtlichen Bahnhofs gebracht. Jeden Abend packt er seine rotblaue Uniformmütze und seine Kelle in die alte Büchertasche und trägt alles gleich einem Schatz nach Hause, wo Grete Schumm, ebenfalls jeden Abend, eine große Pfanne mit Bratkartoffeln zubereitet. Vortrefflich versteht es Salik, den Leser am abendlichen Frieden der kleinen Wohnküche teilhaben zu lassen – wäre da nicht Bruno, der schielende, schwer erziehbare Sohn. In seiner Maßlosigkeit verlangt er nach einem Rundfunkempfänger, Loewe Opta mit acht Röhren und Tigerauge, um ausgerechnet die Jazzmusik hören zu können, die dem Vater schon in den Dreißigerjahren so verhasst gewesen ist. Nach einem heftigen Wortwechsel schleudert Bruno die Dienstmütze des Vaters in die heißen, fettigen Kartoffeln. Aufs Äußerste ergrimmt, stößt Adolf Schumm seinen Sohn zur Tür hinaus in den treibenden Schnee, während die Mutter über dem – zum Glück ausgeschalteten - Gasherd zusammen bricht. Düster lässt Konrad Salik die Fünfzigerjahre der neuen Republik ausklingen, deutet aber behutsam eine Aussöhnung in den Sechzigern an.

„Saliks Helden sind gewöhnliche Gestalten unserer Zeit, ganz gegenwärtig in ihren Neigungen und Vorlieben, ihren Interessen und Bedürfnissen, in ihren Erfahrungen und in ihrem Bewusstsein: Gestalten der Moderne, die allein schon durch ihre Existenz das Ende der Moderne bezeugen."

W. Martin Lüdke

Tote Hose

Ein Nullbock-Roman

In diesem Roman bringt uns Konrad Salik, nachdem er sich viele Nächte in der Kreuzberger Kneipe „Tote Hose" um die Ohren geschlagen hat, das Lebensgefühl der sogenannten „No-future"-Generation nahe. Es ist kein Buch für schwache Nerven.

Der Dichter beschwört also einen Typ namens „Nullbock" herauf, der in der Kneipe sitzt und sich zu nichts aufraffen kann. Seite um Seite geht das, in überaus detaillierten und präzisen Schilderungen. Zum Beispiel: Eine Fliege fällt in Nullbocks Bierglas und kämpft, da sie sich einer anderen Generation zugehörig fühlt, mannhaft und verzweifelt um ihr Leben. Vergebens. Zwei Stunden lang schaut ihr Nullbock mit mäßigem Interesse zu. Dann säuft er das Glas samt Fliege aus und bestellt ein neues Bier.

Das ist eigentlich der Höhepunkt des Romans, woran man sieht, wie streng und diszipliniert Salik bei seiner Aufgabe bleibt. Das Buch hat einen unheimlich guten Ruf in den einschlägigen Kreisen, es hätte das Zeug zu einem Kultbuch – könnte man sich zum Lesen aufraffen.

„Konrad Salik protokolliert den Stillstand in knappsten Sätzen, mit harten Schnitten. Keine Urteile, sondern Beobachtungen aus der Halbdistanz, ohne Häme und Melancholie, allenfalls ein wenig schnoddrig."

Peter Körte

Abseits der Straßen

Ein Heimatroman

Attila Krummrein, schnurrbärtiger Inhaber eines Juweliergeschäfts mit drei gutgehenden Filialen, lässt eines Tages alles hinter sich zurück: seinen Daimler, seine englische Dogge, seine Gattin, und steigt nach längerer Zugfahrt irgendwo im Allgäu aus. Er gelangt in ein abgelegenes Dorf, wo er sich im Gasthof einmietet und um das Vertrauen der Dorfbewohner ringt. Dieses Ringen stellt Konrad Salik sehr eindringlich, ja quälend dar (500 Seiten). Schon will der Leser aufgeben, da gelingt der Durchbruch, und die Dorfbewohner offenbaren dem Fremden ihre wundersamen Geheimnisse: Josef, der Einfältige hat sieben Brände in der Nachbarschaft gelegt und muss nachts angekettet werden. Frieda, die Bucklige, ist die blutschänderische Frucht von Bruder und Schwester. Alfons hat seinen Vater mit einer abgebrochenen Mistgabel erschlagen und den Leichnam untergepflügt...

Verstört, aber dennoch geläutert, kehrt Attila Krummrein wieder zurück in die Juwelierbranche, führt fortan eine mustergültige Ehe und verzichtet sogar auf kleinere Gaunereien.

„Flüsternd, andeutend, elegisch spricht der Roman von der Unmöglichkeit, Welt zu durchdringen, das heißt: uns und unser Leben zu verstehen."

Volker Hage

Friede auf Erden

Ein Televisionsroman

Als einziger namhafter Autor wagt es Konrad Salik, sich der Herausforderung durch das Fernsehen zu stellen und einen packenden Televisionsroman zu schreiben. Leicht wäre es gewesen, ein paar hundert Seiten lang über das Medium zu meckern und über den Niedergang der Literatur zu greinen. Nein! Salik bleibt fair und schildert, wie sich Abend für Abend die Familie Schroth, also Großvater, Vater, Mutter, drei Kinder, Hund, Hamster und Goldfisch, vor dem Fernsehapparat versammelt und still, aufmerksam, bewegt und gerührt zusieht, bis das Programm um Mitternacht aus ist (so war das damals). Es sind paradiesische Verhältnisse. Wenn Wolf und Lamm zur Familie gehörten, säßen auch sie einträchtig nebeneinander vor dem Bildschirm.

Allerdings geht die Sache nur gut, solange der Apparat lediglich ein einziges Programm absondert. Schon mit der Einrichtung des zweiten Kanals ergeben sich Unstimmigkeiten. Als dann dank Verkabelung und Satellitenempfang 21 Programme zur Wahl stehen, treten ernsthafte Meinungsverschiedenheiten auf.

Großvater Schroth ist von früher gewohnt, dass man ihn ehrt und sein Gebot befolgt. Da man ihm eines Abends den „Blauen Bock" vorenthalten will, ist er so erbost, dass er seinen Schwiegersohn mit dem noch vollen Bierkrug niederschlägt. Damit ist die Programmfrage jedoch keineswegs entschieden, denn die Kinder gehen für den „Rosa Panther" über Leichen, was ganz wörtlich zu verstehen ist: Nicht nur die Anhänger des „Blauen Bocks", sondern auch die der „Schwarzwaldklinik" werden aus dem Weg geräumt.

Ohne Autorität, also ohne die gut gemeinten, hilfreichen Ohrfeigen, bricht in den lieben Kleinen der nackte Egoismus durch. Nach dem

„Rosa Panther" will die eine Fraktion schweinische Filme sehen, die andere Fußball, und die dritte beharrt auf „Graf Dracula" oder zumindest auf „Fix und Foxi". Kurz, das reine Chaos regiert in der Wohnstube. Die Polizei wird von den Nachbarn herbeigerufen, da um ein Uhr nachts bei Schroths immer noch der Fernseher donnert und niemand öffnet, wenn man klopft. Als die Beamten die Tür aufbrechen, bietet sich ihnen ein schrecklicher Anblick: Kein Familienmitglied ist mehr am Leben.

Trotz allem lässt Konrad Salik diesen aufwühlenden Roman versöhnlich ausklingen. Der immer noch laufende Fernsehapparat zeigt den schönen Film von der Trapp-Familie. Es ist das erste Programm, wie in der guten alten Zeit...

„Die szenische Konkretheit des Romans, seine Mischung aus dokumentarischen und fiktiven Anteilen, die Auflösung einer Epoche in ein Mosaik von Figuren und Geschichten wirkt sogar noch dem sprunghaften Bewusstsein des 21. Jahrhunderts völlig zeitgemäß. "

Marie Schmidt

Checkpoint Charlie

Ein Agenten-Thriller

Es geht um eine geniale US-Erfindung, der die Russen hinterherjagen: die geheimen Pläne für das Monopoly-Spiel, das man vergeblich in Moskau nachzubauen versucht hat und das die gegnerische Seite als Schlüssel zum Erfolg des amerikanischen Wirtschaftsimperiums ansieht.

Die Handlung spielt im vordigitalen Zeitalter, gleich nach Kriegsende, und dankenswerterweise erklärt Konrad Salik zu Anfang, dass es sich bei „Monopoly" um ein einfaches Brettspiel ohne Chips und Apps handelt. Dennoch vermittelt es hervorragend das kaptitalistische Prinzip: raffen, raffen und die Konkurrenz in die Pleite treiben. Das galt damals wie heute.

Nach diesem verhaltenen Auftakt kommt Salik gleich zur Sache. Die finsteren Machenschaften beginnen in Berlin, in der damals zweigeteilten Stadt, und zwar in einem US-Offizierskasino, wo man unter strengen Abschirmmaßnahmen dem Spiel frönt. Die schöne Elvira, eine rassige Bulgarin mit erregenden Ausschnitt, verschafft sich Zugang und eine Spielanleitung, die sie an delikater Stelle verbirgt. Nun setzt eine rasante Verfolgungsjagd ein, zum Teil in schwarzen Limousinen, zum Teil unterirdisch im verzweigten Kanalnetz der Stadt.

Das Wirtschaftssystem der freien Welt gerät in Gefahr, und der beunruhigte Leser ist des öfteren geneigt, einen Blick auf die Schlussseite zu werfen. In letzter Sekunde gelingt es Colonel Thompson, der sich als Blindenhund getarnt hat, mit einem beherzten Griff der schönen Elvira das Dokument zu entreißen, die am Checkpoint Charlie bereits mit dem einen Bein drüben im kommunistischen Ost-Berlin steht.

„Mit einer Gier, mit der man sich gelegentlich auf Schokolade oder Rollmöpse stürzt, krempelte ich mein ganzes Leseprogramm um – nicht Bodo Kirchhoff und nicht Hanns-Josef Ortheil und auch nicht Patrick Süskind: ich musste, wie unter Zwang, Konrad Salik lesen."

Fritz J. Raddatz

Schuld und Sühne

Ein Kartoffelroman

Mein Gott, das kann nur Salik! Ein Roman über einen Kartoffelacker! Daran wäre sogar Marcel Proust gescheitert, der doch eine wahre Meisterschaft entwickelt hatte, langweilige Sujets erschöpfend zu behandeln.

Salik aber, und das bewundern wir an ihm, wirft sich unermüdlich auf das scheinbar Aussichtslose. Dabei hält er sich durchaus an die Grundregeln, die alle großen Romanciers instinktiv beachten: Ein Roman braucht einen Helden, einen Konflikt und, wenn es ein deutscher Roman sein soll, einen tragischen Verlauf.

Im Mittelpunkt des Werkes steht oder vielmehr ruht die Kartoffel K., die anfangs voller Harmonie mit der mütterlichen Erde und ihren Mitkartoffeln dicker und dicker wird. Eine Kartoffel wie du und ich, möchte man sagen. Mit dem Prozess der Reifung erwacht jedoch in ihr das Bewusstsein der Individualität, ihrer Einmaligkeit. Sie möchte nicht dumpf dahinvegetieren wie die anderen. Ehe K. sich dessen versieht, befindet sie sich im offenen Aufruhr gegen die Seinsordnung. Die unvermeidliche Folge ist, dass K. von der Kartoffelgesellschaft geächtet und auch von der Mutter Erde verstoßen wird.

Hier stockt der Roman etwas, man weiß nicht recht, was sich da im Dunkeln eigentlich tut. Ja, man wünscht sich vorübergehend, der

Dichter hätte lieber einen mobilen Kartoffelkäfer mit sechs Beinen als Gefäß für seine Ideen gewählt. Aber schon kommt das dicke, das tragische Ende. Die Kartoffelschleuder, dea ex machina, wühlt mit ihren Zinken das Erdreich auf. Der spitze Stahl reißt K. in zwei Hälften – aus und vorbei, Opfer, Sühne und dunkles Vergessen, während die anderen Kartoffeln geerntet, gekocht und ordnungsgemäß verspeist werden.

„Konrad Salik – wie er gelebt hat, so schreibt er auch: uneitel bis zur Selbstverleugnung, ohne jede Koketterie, mit großer, ruhiger Selbstverständlichkeit.“

Volker Ullrich

Der Feldherr auf der Couch

Ein historisch-psychoanalytischer Roman

Es ist ein weit verbreitetes Vorurteil, dass der historische Roman heutzutage nur noch in der ironischen Distanz möglich sei, was in der Praxis häufig hämisches Nasedrehen und kleinliches Herumkritteln an den Großen der Weltgeschichte bedeutet. Dass es auch anders geht, beweist Saliks Hannibal-Roman. Nüchtern und sachlich lässt er den Psychoanalytiker des Feldherrn, Analyxágoras, die Ereignisse darstellen.

Im ersten Kapitel sehen wir Hannibal im Zelt, auf einer Art Couch liegend, neben ihm der Erzähler und Analytiker. In lähmender Entschlusslosigkeit kann sich Hannibal nicht zum Sturm auf Sagunt durchringen. Gesprächsweise tappen die beiden im Unterbewusstsein des großen Feldherren herum, bis sie ihn am Wickel haben: den Ödipus-Komplex. Nach dieser Klärung gibt es kein Halten mehr. Im Morgengrauen stößt Hannibal einen befreienden Urschrei aus, Sagunt wird genommen, das Hochgebirge überquert, das Römische Reich wackelt bedenklich.

Aber dann das vertraute Bild: Hannibal im Zelt, auf einer Art Couch liegend, die Depression hat ihn wieder und wird auch nicht besser, als der abgeschlagene Kopf seines Bruders Hasdrubal ins Lager fliegt. Man setzt schließlich nach Afrika über, und wieder bei Zama das Zelt, die Couch, der Feldherr kann sich zu keiner Entscheidung aufraffen. Der Psychoanalytiker Analyxágoras muss sich das Scheitern seiner Analyse eingestehen und übernimmt einen neuen Fall: Publius Aemilius Scipio, der an Waschzwang leidet und aufgrund exzessiver Reinigungsrituale kaum dazu kommt, der römischen Invasionsarmee die nötigen Befehle zu geben. Nachdem Analyxágoras den Feldherrn, der auf der Couch im Zelt liegt, über frühkindliche Sexualität aufgeklärt hat, erkennen die Legionäre am anderen Morgen ihren Führer nicht wieder. Ungewaschen schwingt er sich auf sein Ross und sprengt in die feindlichen Linien. Im eroberten Karthago lässt sich Analyxágoras nieder und eröffnet eine gutgehende Praxis.

„Ein Roman, der an stiller, trauriger Merkwürdigkeit in aller Literatur kaum seinesgleichen hat."

Thomas Mann

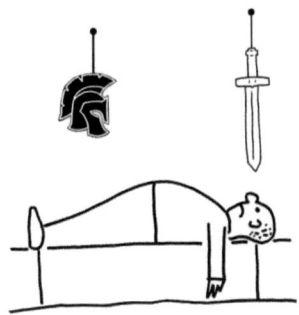

Notlandung im Busch

Ein Flugroman

Ein neuer Afrika-Roman von Konrad Salik, der einem dieser jungen, aufstrebenden Staaten des brodelnden Kontinents auf der Suche nach der Identität behilflich sein könnte. Salik, wie sein Kollege Simmel immer mit der Hand am Puls der Zeit und getrieben von einem unersättlichen Hunger nach ergiebigen Romanstoffen, hatte der „Times" entnommen, dass die Stewardessen von „Air Zambulu" die dicksten der Welt seien und dass dieser Umstand schon zu ernsten Problemen geführt habe. Solche Probleme interessierten Salik literarisch wie menschlich, und so flog er mit der „Lufthansa" direkt ins tiefste Afrika, um sich dort dem Service von „Air Zambulu" anzuvertrauen. Feldforschung im Dienste der Dichtung sozusagen.

Es stimmte, die schwarzen Schönheiten waren überaus kräftig geraten, ja in der Tat so dick, dass sie im Mittelgang laufend mit den Schenkeln gegen die Passagiersitze stießen. Die Ausgangssituation, befand Salik, war äußerst vielversprechend, irgendwann musste etwas schiefgehen.

Der Epiker mit dem untrüglichen Instinkt lehnte sich also gemütlich zurück, schnalzte mit den Fingern und ließ sich Bier, Zeitungen und etwas zu rauchen von den drallen, schwitzenden Amazonen bringen. Unten dehnte sich grün und saftig die Savanne aus. Elefanten grüßten nach oben mit erhobenen Rüsseln, und die Antilopen formierten sich kurzfristig zu einem Schriftzug, den Salik für Sekunden als ein freundliches „Grüßgott in Afrika!" entziffern konnte. Es war paradiesisch. Woher das Unglück kommen sollte, war noch völlig unklar. Salik nickte ein.

Als er wieder aufwachte, sah er, dass sich die tüchtigen Stewardessen, die er kurz vorher gehörig ins Schnaufen gebracht hatte, selbst eine Brotzeit genehmigten, ein paar Sitze vor ihm, die ihnen offensichtlich für die Nahrungsaufnahme reserviert waren. Da wurde vielleicht eingefahren! Pralle Hühnerschlegel, panierte Koteletts, süße Kartoffeln, gefüllte Kürbisse und zu allem riesige Mengen Fladenbrot.

Salik sah nun ganz deutlich, welches Verhängnis sich zusammenbrauen würde. Anfangs kaum merklich, dann jedem sichtbar verlor die Maschine an Flughöhe, und schließlich musste der Captain die Passagiere bitten, sich anzuschnallen und das Rauchen einzustellen: Notlandung! Kein Wunder bei dem Übergewicht, das sich die Stewardessen binnen kurzem angefressen hatten.

Landung also mit Ach und Krach nicht weit weg von ausgehungerten Löwen und Hyänen. Salik lachte das Herz im Leibe, als die dicken Damen von der Notrutsche ins Gras plumpsten. Das war der Stoff, aus dem man Thriller macht!

Und tatsächlich, der Dichter brauchte nur auf dem Schwung Servietten von „Air Zambulu", den er sich vorsorglich eingesteckt hatte, die Ereignisse der nächsten fünf Tage und Nächte zu notieren, die verstrichen, bis die Rettungsmannschaft eintraf.

Wir wollen hier nicht verraten, was diese vorfand, das überaus köstliche Leseabenteuer soll jedem erhalten bleiben. Nur so viel sei gesagt, dass „Air Zambulu" dem weiblichen Personal sofortige Schlankheitskuren vorschrieb und einer Dame von zweieinhalb Zentnern kündigte.

„Eine ziemlich vertrackte Anspielung auf die unterschwellige Bedeutung, die immer mitschwingt, wenn Männer ihre Geschichten erzählen."

Gert Ueding

Mord mit System

Ein Kriminalroman

Der Massenmörder Kilian dominiert diesen dokumentarischen Roman. Zuerst ermordet er Elfriede Aad, nicht viel später Gernot Aad. Nach kurzer Pause ermordet er Marcello Abagno und Anton Abawat. Im Juli macht Kilian Urlaub am Chiemsee, doch im August ermordet er Gabriele Abbt und Abu Abdallah. Nüchtern und scheinbar leidenschaftslos schlägt Konrad Salik eine Seite dieses unheimlichen Lebens nach der anderen auf, und der besorgte Leser fragt sich: Wie soll das nur weitergehen?

Als großen Gegenspieler führt der Dichter den Kriminalkommissar Killinger ein, der in mühevoller Kleinarbeit zu der Erkenntnis kommt, dass der unheimliche Verbrecher systematisch mordet: nach dem Stuttgarter Telefonbuch!

Nun scheint die Lösung des Falls oder der Fälle einfach zu sein. Kilian hat sich bis zum Buchstaben K durchgearbeitet, genauer gesagt bis zu seinem eigenen Namen. Der unmittelbar folgende aber ist – Killinger! Der Kommissar will Kilian eine Falle stellen und erwartet den Verbrecher im eigenen Haus. Eine gewaltige, apokalyptische Auseinandersetzung braut sich zusammen, ein Harmageddon, bei dem die Kräfte des Guten und des Bösen aufeinandertreffen. Ja, Konrad Salik zieht alle Register, und die Seiten riechen mächtig nach Pech und

Schwefel. Aber noch ist alles offen. Kilian könnte sich auch, seiner Logik folgend, selber umlegen und so die endgültige Aufklärung der rätselhaften Fälle auf immer und ewig verhindern. Wir wollen hier nichts ausplaudern, denn die Schlusspointe eines Krimis zu verraten, wäre auch ein unverzeihliches Verbrechen.

„Man spürt beim Lesen, dass der Autor nicht ohne System arbeitet. Manchmal liegt das Geheimnis an der Oberfläche. "

Harald Hartung

Am Anfang war Konrad Salik

Ein prähistorischer Roman

Von unserer Vorgeschichte wissen wir wahrhaftig nicht viel. Zwar fördert der Spaten des Archäologen mancherlei zutage: ein paar Knochen, etwas Asche, ein Hundehalsband und eine Haarspange – aber was für eine Geschichte verbirgt sich dahinter?

Mit mächtiger, die Jahrtausende durchdringender Vision beschwört Konrad Salik eine Höhle im alten Neandertal herauf, und er tut es in der Sprache der Zeit, also mit etwa vierhundert Wörtern, alle unbekannt, nicht einmal ein Vergleich mit den Upanischaden hilft weiter. Doch keine Sorge, es ist alles eine Frage der Gewöhnung. Wer den Roman rund siebzig Mal durchgelesen hat (bei schwächer ausgebildeter, also neandertalensischer Intelligenz auch neunzig Mal) kommt recht gut dahinter, worum es geht.

Es ist eine Dreiecksgeschichte (daran sieht man, in welch graue Vergangenheit unsere literarischen Grundmuster zurückreichen): Mann, Frau und Hund. Der Hund ist deswegen von Bedeutung, weil er sich in der Zähmungsphase befindet und sich noch nicht entschieden hat, ob er seinem Herrn treu dienen oder an die Kehle fahren soll. Über die Frau weiß der Dichter nichts Bedeutendes zu sagen, sie macht den Haushalt und ist eifersüchtig auf den Hund.

Die Geschichte spitzt sich zu, und irgendwie trifft der Mann am Ende eine Entscheidung: ob für Hund oder Frau, bleibt allerdings unklar, da die Sprache des Neandertalers noch nicht so fein differenziert gewesen ist wie die unsere und für beide Realia nur ein einziges Nomen kennt.

Ein Leckerbissen für die Exegeten, besonders auch deswegen, weil Salik durchaus offengelassen hat, ob es sich beim Hund nicht doch um eine zugelaufene Femina sapiens handelt, die mit ihrer überlegenen Intelligenz die tumben Neandertaler an herumstreunende Mörderbanden verrät: Beginn der Geschichte, Homo sapiens tritt in das Rampenlicht.

„Dieser Roman ist eine gewaltige Phantasmagorie, die Konrad Salik eine bisweilen derilierende, dann wieder eiskalt analysierende Chronik der Gefühle, des Abscheus und der Abscheulichkeiten entlockt."

Andreas Platthaus

Der Hund, den sie Blohm nannten

Eine Familien-Chronik

Dieser Roman entfaltet eine Familienchronik in prächtigen Bildern. Die Geschichte beginnt mitten im Dreißigjährigen Krieg und kreist um die Familie Blohm. Beinahe endigt sie schon mit dem Westfälischen Frieden, da die Blohms den kaiserlichen und schwedischen Greueln zum Opfer gefallen sind – bis auf den Hund. Dieser Hund, den Salik der Einfachheit halber auch Blohm nennt, ist ein zäher Bursche und vermehrt sich listig bis weit ins 18. Jahrhundert hinein. Dann geraten Blohm & Söhne an einen Stallburschen Friedrichs des Großen mit Namen Kuhn. Es ist faszinierend, wie Konrad Salik Glanz und Elend des großen Preußenkönigs nahebringt, ohne Kuhn je aus den Augen zu verlieren. Kuhn überlebt alle Schlachten, die den Fortschritt der Menschheit begleiten, wird aber beim Ausmisten des Pferdestalls so unglücklich von einem Huf getroffen, dass er ohne Nachfahren stirbt. Kunstvoll versteht es Salik, abgerissene Fäden neu zu knüpfen und den Leser behutsam durch die Jahrhunderte zu führen. Die Chronik endet im Jahre 1957 mit einem gewissen Oblatskij.

„Erstaunlich, mit welcher Unbekümmertheit und Souveränität Konrad Salik die Epochen durchstreift."

Marcel Reich-Ranicki

Pardon wird nicht gegeben

Ein Kriegsroman

Krieg! Mit bewundernswerter Geduld hat man die vielen Provokationen ertragen, aber jetzt ist das Maß voll: Die Armee zieht in die weite Ebene, wo fast alle entscheidenden Schlachten geschlagen worden sind. Fast gleichzeitig hat der Feind eben dort seine Truppen massiert, und schon geht es los. Pfeile und Speere zischen durch die Luft – denn so wird Krieg geführt nach altem Papua-Brauch.

Wieder hat uns Konrad Salik auf das Angenehmste überrascht. Wir hatten uns gefasst gemacht auf Blut, Schweiß und Tränen, doch die erste Salve ist entschieden zu kurz. Keine Verluste, keine Schrammen, beide Armeen bleiben in voller Kampfstärke und führen die Auseinandersetzung verbal weiter. Einem schimpfenden, höhnenden, obszön beleidigenden Papua-Gefreiten möchte man auf dem Schlachtfeld nicht begegnen, diese Lehre zieht man aus Saliks satter, praller Schilderung.

Aber da – ein mieser, kleiner feindlicher Schuft hat entgegen allem Völkerrecht heimlich einen Pfeil abgeschossen und einen ehrenwerten, hochdekorierten Oberleutnant genau in den Körperteil getroffen, den er soeben entblößt und voller Verachtung dem Feind entgegengestreckt hat! Zum Teufel! Damit hat die oberste Heeresleitung nicht gerechnet. Nun wird es ernst. Man muss handgreiflich werden, das gebietet die Ehre! Oh, wie bringt uns Salik ins Schwitzen! Zum Glück jedoch greifen die gnädigen Götter ein, überzeugte Pazifisten, wie es scheint. Sie schicken ein Wölkchen über den Kriegsschauplatz, und es fallen tatsächlich ein paar Regentropfen. Aus, den Göttern sei Dank! Im Regen darf kein Krieg geführt werden, das ist eine uralte, geradezu geheiligte Konvention. Also rücken die Armeen wieder auseinander, unter wüsten Beschimpfungen: Na wartet! Bis zum nächsten Krieg!

„*Es handelt sich um die authentische Schilderung durch einen, der fast dabei gewesen ist: Konrad Salik! Und der mutig gewagt hat, alles Beobachtete akribisch festzuhalten.*"

Rolf Kellner

N'Bogo

Ein afrikanischer Roman

Dieser Roman spielt in Afrika, könnte aber auch woanders spielen, sagt Konrad Salik. Die Thematik ist allgemein-menschlich und global, jeder kann sich angesprochen fühlen. Die Handlung beginnt völlig unerwartet in einem Nebengebäude und weitet sich aus. Auf dem Höhepunkt treffen zwei Nashörner aufeinander, in feindlicher Absicht. Vielleicht sind es auch nur zwei Hyänen. Dann geht alles ganz schnell. Am Ende sinkt die Sonne herab und taucht die vertrauten Hügel der Kindheit in ein blutiges Rot. Dennoch lassen die Schlussworte des alten N'Bogo eine leise Hoffnung spüren…

„Die ganze Natur wird dem Dichter Konrad Salik, alten Lehren entsprechend, zu einem schöpferischen Prozess mit geheimnisvollen Figuren, die zu enträtseln und zu deuten er als seine eigentliche Aufgabe begriffen hat."

Gert Ueding

Der Flohwalzer

Ein Künstlerroman

Über Pablo Picasso sind total falsche Geschichten im Umlauf – die er voller Berechnung selbst in die Welt gebracht hat. Von wegen ein Wunderkind! Man lese in Konrad Saliks Roman nach, wie sich der kleine Pablo – von seiner Mutter bestärkt und aufgehetzt – in den Kopf gesetzt hat, Klaviervirtuose zu werden. Mit großer Mühe erlernt er die Tonleitern, obwohl ihm die As-Dur-Folge immer ein Rätsel bleibt. Mit kleinen, primitiven Melodien, wie sie für den Leierkasten angehen mögen, kämpft das „Wunderkind" bis ins 14. Lebensjahr.

Und dann kommt die lange Zeit, in der sich der Jüngling erfolglos abmüht, den Flohwalzer zu meistern. Wir wissen gar nicht genau, sagt Konrad Salik, wie viele Familien, die im gleichen Haus wie die Picassos wohnen, vor dem Flohwalzer ad infinitum Reißaus nehmen und wegziehen. Italienische Truppen marschieren in Abessinien ein, Lord Kitchener erobert den Sudan, die USA reißen sich Hawaii, Guam und die Philippinen unter den Nagel und verjagen die Spanier aus Kuba, Haidar Pascha befiehlt den Bau der Bagdadbahn, Japan rüstet sich für den Krieg gegen das Zarenreich – und Picasso spielt in Malaga den Flohwalzer, eins-zwei-drei, eins-zwei-drei. Es ist trostlos.

Schließlich setzt der Vater, noch der Vernünftigste in der Familie, dem Treiben ein Ende. Er verbietet Pablo die Musikausübung und zwingt ihn dazu, sich einer anderen Kunstrichtung zuzuwenden.

Den Rest kennen wir. Aber im Grunde hat sich Picasso immer für einen Versager gehalten. Noch im hohen Alter versucht er fluchend, den Flohwalzer einigermaßen flüssig zu spielen. Ohne Erfolg, berichtet Konrad Salik und fügt hinzu: ein verpfuschtes Leben.

„Es ist ein Bildungsroman geradezu klassischer Prägung."

Andreas Platthaus

Kampen / Sylt

Ein heiterer Ferienroman

Der reiche Hamburger Makler F. hat einen vergnüglichen Abend in der „Kupferkanne" hinter sich, und da ihm die geleerten Flaschen Dom Pérignon auf die Blase drücken, drängt es ihn, sich zu erleichtern. Sei es, dass er sich auf dem ausgedehnten Gelände des Restaurationsbetriebes nicht so recht auskennt, oder sei es, dass er sich mit einer zeitraubenden Suche nach der Örtlichkeit nicht aufhalten will, jedenfalls begibt er sich auf den Parkplatz an den Kiefern und schiebt hinter einem Lamborghini den Nerzmantel zur Seite.

In dem Gefährt aber befindet sich zu diesem Zeitpunkt der inselbekannte Jacky, der mit der quicken Sylvia aus Paderborn tätig ist. Als der nun plötzlich ein dumpfes Trommeln auf dem Blech seines geliebten Sportwagens hört, öffnet er den Verschlag und sieht die Sauerei. Er springt hinaus und packt den Übeltäter an der Gurgel. Die Situation rettet die quicke Sylvia, die schon an der Kleidung die Integrität des Fremden erkannt hat. Alle drei donnern nun zu „Karlchen", wo man sich über ein paar Cuba libre näherkommt. So beginnt eine reizende Ferienhandlung, eine amour à trois, die uns Konrad Salik in appetitlichen Häppchen serviert.

„Salik lässt die Leute reden und verschwindet ganz hinter den Figuren. Heute, da man sich von väterlichen Überstimmen mehr und mehr verabschiedet, wirkt das enorm modern."

Marie Schmidt

Das Fest zu Böhmen

Ein Literatur-Schmaus

„Drei Tage, drei Tage und drei Nächte gab der König ein rauschendes Gefest, und geladen waren sie alle: die Edlen und die Geringeren, die Bunten und die Diebe, selbst die verachteten Apotheker, ja, sogar sie. So traten die Gaukler auf, würgelten die Hölzer, die Artisten spieen Feuer, und ihre massigen Tiger ließen sich gutmütig hinter den dicken, dicken Ohren kraulen, ja, sogar sie. In den Nischen und Erkern räkelten sich die Mädchen, die der König zum Fest gebeten, gerne waren sie gekommen, in ausreichender Zahl und großer Schönheit. Der Trommler sott den Butt, ein wenig zäh und fasrig war er geraten, aber wer nahm daran schon Anstoß. Durch die Säle klangen lockend und machtvoll Schalmeien, Trunkene stürzten sich selig von den luftigen Zinnen…"

Mit welcher Zartheit und Poesie, mit welcher Sprachgewalt schildert Konrad Salik in seinem Roman das Fest, das König Wendelin I. einst vor vielen, vielen Jahren gegeben hat im fernen Böhmen und das Freunde, Untertanen und Maitressen mit Liebe und Hochachtung für den gütigen Potentaten erfüllte.

"Die Pranke des Löwen! Salik ist der Größte, die anderen können ihm nicht das Wasser reichen. Aber wer zum Teufel ist Konrad Salik?"

Peter Salomon

Zu!

Ein Schlüsselroman

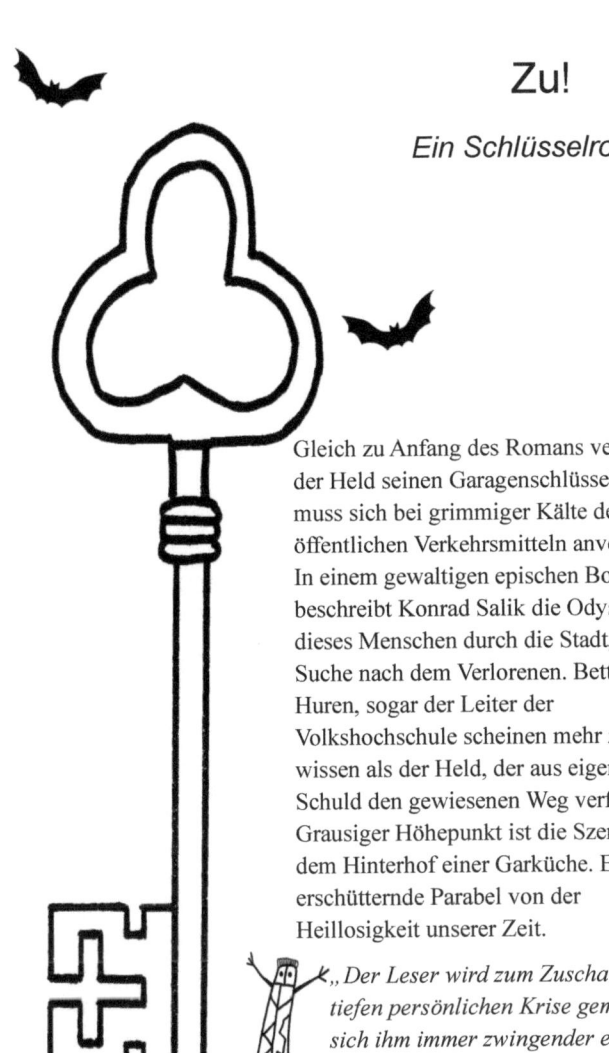

Gleich zu Anfang des Romans verliert der Held seinen Garagenschlüssel und muss sich bei grimmiger Kälte den öffentlichen Verkehrsmitteln anvertrauen. In einem gewaltigen epischen Bogen beschreibt Konrad Salik die Odyssee dieses Menschen durch die Stadt, auf der Suche nach dem Verlorenen. Bettler, Huren, sogar der Leiter der Volkshochschule scheinen mehr zu wissen als der Held, der aus eigener Schuld den gewiesenen Weg verfehlt. Grausiger Höhepunkt ist die Szene auf dem Hinterhof einer Garküche. Eine erschütternde Parabel von der Heillosigkeit unserer Zeit.

„Der Leser wird zum Zuschauer einer tiefen persönlichen Krise gemacht, die sich ihm immer zwingender entfaltet, sodass er den Blick immer weniger abwenden kann."

Dieter E. Zimmer

Die fünf Wünsche

Ein Universitätsmärchen

Dass ein großer Dichter nicht alles neu, ab ovo (wie die Vollakademiker sagen) erfinden muss, sondern dass es durchaus genügt, wenn er einem überkommenen Stoff den Stempel seiner Genialität aufdrückt, beweist dieses Werk Saliks.

Ein Junge, der sich durch die höhere Schule quälte, weil es seine Eltern so wollten, ging in seiner Freizeit an die See, um zu angeln. Das heißt, er hielt einfach die Angelrute ins Wasser und döste. Das war eben sein Niveau. Aber eines Tages hatte ein Fisch angebissen – der Junge wusste nicht warum, und als er ihn herauszog, fing der Fisch an zu reden: Er sei ein verwunschener Prinz usw. usw., und wenn ihn der Junge wieder zurück ins Meer würfe, hätte er einen Wunsch frei. Der Junge glaubte dem Fisch (da sieht man, wie dämlich er war) und sagte: „Ich möchte das Abitur bestehen." – „Ist gut", sagte der Fisch, und plumps! war er wieder im Wasser.

Tatsächlich bestand der Junge das Abitur, doch war das beileibe nichts Übernatürliches, denn wer besteht es heute nicht? Der Junge – Salik nennt ihn von jetzt an, also nach der Reifeprüfung, „Mensch" – fühlte sich nun als Abiturient zu Höherem berufen. Er studierte.

An einen erfolgreichen Abschluss war jedoch nicht zu denken, die Intelligenz des Menschen reichte dafür nicht aus. In seinem Aberglauben ging er wieder an die See – diesmal sah sie ungemütlich aus, nämlich violett und grau und dick – , rief nach dem Fisch, der wie im Märchen auftauchte, und begehrte von ihm die Erfüllung eines neuerlichen Wunsches: „Ich möchte Magister werden." Der Fisch sah ihn skeptisch an, sprach dann aber: „Ist gut."

Was soll man sagen, der Mensch wurde wahrhaftig Magister! Doch damit konnte er rein gar nichts anfangen, denn jeder zweite ist heute Magister. Also ging er wieder an die See – diesmal war sie schwarzgrau, das Wasser quoll von unten herauf und stank faul – rief nach dem Fisch und, nachdem dieser unwillig aufgetaucht war, wünschte er sich: „Ich möchte Doktor werden." Zwar tippte sich der Fisch mit der Flosse an die Stirn, als er das hörte, sagte dann aber: „Wenn's sein muss."

Es überrascht uns nicht, dass der Mensch nach fünf Jahren Doktor wurde. Mit der Zeit schafft das jeder, wenn er sich durch genügend Bücher gefressen und aus jedem wenigstens einen Brocken behalten hat. Aber außer dem Doktorhut, den man eigentlich nur an Karneval tragen kann, ohne unangenehm aufzufallen, bringt einem das nichts ein.

So latschte der Mensch wieder an die See – diesmal schäumte sie wie bei den Gebrüdern Grimm, die Wolken flogen, der Himmel war blutrot – und beschwor den Fisch herauf. „Treib's nicht zu bunt!", rief dieser. „Was soll's denn heute sein?" – „ Ich möchte habilitieren", antwortete der Mensch. Da lachte der Fisch schauerlich, dass es den Vögeln am Ufer eiskalt den Rücken hinunterlief und eine Möwe eine Fehlgeburt erlitt. Dann rief er mit grässlicher Stimme: „So sei es!"

Der Mensch habilitierte, aber das war's auch schon, irgendwelche Vorteile erwuchsen ihm daraus nicht, da die Fakultät von ihm nichts Weltbewegendes, ja nicht einmal etwas Vernünftiges erwartete. Aus alter Gewohnheit ging er wieder an die See – ein Sturm brauste, der Himmel war giftgrün, schwarze Wogen schlugen ans Ufer – und rief nach dem Fisch.

Dieser erschien mit irrem Blick und schrie gequält auf, als er den Menschen sah. „Ich möchte Professor werden!", rief der Mensch. Da wendete der Fisch hinaus zum offenen Meer, drehte wieder um, nahm Anlauf und zerschmetterte sich den Kopf an einem Felsen.

Der Mensch aber, schließt Konrad Salik, ist tatsächlich Professor geworden, und fügt hinzu: Wir wissen allerdings nicht, ob es Professor D. oder Professor K. oder gar Professor U. ist.

„Konrad Salik bringt eine Geschichte in Gang. Er gibt ihr ein Motiv. Und er zieht alle Fäden, die er spinnt, in diesem Motiv zusammen, sodass sich der innere Weg der Hauptfigur im äußeren Geschehen spiegelt und umgekehrt. "

Andreas Kilb

Schwachdütsch

Literarisches Neuland

In diesem Werk erleben wir den Dichter an seinem Laptop, voll Entdeckungseifer seine neue App PORTHOLE einsetzend, die speziell für moderne Dichter entwickelt worden ist. Ein ums andere Mal haut er daneben, sodass die erste Zeile lautet: „Eung Abdang, aber was fir eunwr, qiduw Hestalzen…"

Ein schöner Satz fürwahr, aber nicht ohne Probleme. Wie soll, was hier keimhaft angelegt ist, im Folgenden entfaltet werden? Ein geringerer Autor als Konrad Salik wäre an dieser gigantischen Aufgabe gescheitert, aber schon die zweite Zeile zeigt, wie der Dichter die Herausforderung annimmt, wenn er schreibt: „Eruphlt det in Zuf febirene, seiz 1863 in Berkin…" Und so geht es weiter, über packende 800 Seiten, bis zu dem grandiosen Schlusswort: „Ofet det Zof!" Erschöpft, aber glücklich legt der Leser den Band aus der Hand.

„Ist Salik ein moderner Mystiker, genauer der Mystiker unserer Zeit, des elektronischen Zeitalters?"

Helmut Heißenbüttel

Ohne Dings kein Bums

Ein Graffiti-Roman

Über Nacht waren sie da: die Sponti-Sprüche in den Klos und die Graffiti an den Mauern. Ein Ausbruch kollektiver Kreativität bzw. Idiotie? Mitnichten! Die Hand, die da schreibt, der Kopf, der da denkt, gehören zu – Konrad Salik! Dieses Genie, das auch das Rad erfunden hätte, existierte es nicht schon, sagte sich: Der Roman muss raus aus den Buchdeckeln, unter die Leute, direkt in die Herzen. Welch riesiges kulturelles Potenzial liegt da brach, wenn die Männer in den öffentlichen Pissoirs ihr Wasser abschlagen und auf leere Marmor- oder Teerwände starren!

So jettete Salik von einer Bedürfnisanstalt zur anderen, von Betonbrücke zu Abrisshaus und fixierte seinen Graffiti-Roman zwischen Flensburg und Friedrichshafen, Mainz und Magdeburg.

Was der Inhalt dieses Romans ist, lässt sich noch nicht genau sagen, denn wo soll man anfangen? In Bad Tölz oder in Cloppenburg? Und natürlich haben sich wieder einmal die Epigonen an die Rockschöße des Meisters gehängt und minderwertige Nachahmungen unter das Volk gestreut. So viel ist jedoch sicher, dass es sich um einen ausgesprochenen Ideenroman handelt, der sich aus Tausenden von geschliffenen Aphorismen zusammensetzt. Sollte von unserer Kultur nur dieses Meisterwerk übrig bleiben (und vielleicht noch Thomas Manns

„Zauberberg"), so könnte der Archäologe des vierten Jahrtausends doch recht genau rekonstruieren, was in den Köpfen der sogenannten Menschen vorging.

Ähnlich wie im „Zauberberg" dürfte es sich nach den Angaben im Graffiti-Roman um eine Gesellschaft von Müßiggängern gehandelt haben („Tunix ist besser als arbeitslos"), die im Bewusstsein einer heraufziehenden Katastrophe („Ich geh kaputt, gehst du mit?") Zweifel an der überkommenen Moralordnung artikulierten („Edel sei der Mensch, Zwieback und gut"). Im Gegensatz zu den verfeinert-dekadenten Herrschaften des „Zauberbergs" scheint aber das Animalisch-Triebhafte, die viehische Lust alle höheren Werte weggeschwemmt zu haben („Warum in die Ferne schweifen? Sieh, die Anna liegt schon da!"), was zu einer schrecklichen sprachlichen Verarmung führte („Ohne Dings kein Bums").

So muss man sich den großen Rahmen des Romans vorstellen. Ob bestimmte Figuren („Anna") für den Fortgang der Handlung entscheidend sind, lässt sich beim gegenwärtigen Stand der Forschung noch nicht sagen. Auf alle Fälle ist der Besuch vieler öffentlicher Klos schon jetzt ein kulturelles Ereignis, das den User innerlich mehr aufwühlt als so manche offizielle, subventionierte Veranstaltung.

„Leicht zu erobern ist der Bau des Sechshundert-Seiten-Opus nicht, schon gar nicht, wenn man einfach von vorne beginnt. Eher sollte man, für einen ersten Streifgang, die Sache von hinten aufrollen."

Volker Hage

Die Tiefe des Raums

Ein Standardwerk

Eine Einordnung dieses Romans fällt schwer. Heiß wie die Rammler laufen sie über das Feld, decken und nehmen hart, rackern vorne und hinten, tun es gar mit dem Außenrist, und das auf engstem Raum. Lange schwankt Konrad Salik zwischen dem Tier- und dem Humanbereich. Erst auf der letzten Seite enthüllt sich die Ferkelei als das große Spiel unserer Fußballnationalmannschaft im Jahre 1984.

"Allein mit diesem Werk hat sich Salik in das kollektive Gedächtnis, wenn nicht der Menschheit, so seiner deutschen Zeitgenossen hineingeschrieben."

W. Martin Lüdke

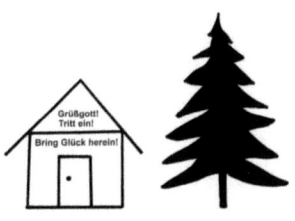

Die Wahrheit über Hans Traxler

Ein investigativer Roman

Nachdem sich Hans Traxler jahrelang vergeblich darum bemüht hatte, mit seinen Zeichnungen die Aufmerksamkeit auf sich zu lenken, schaffte er das mit seinem sogenannten Dokumentationsbericht: „Die Wahrheit über Hänsel und Gertel". Mit beispielloser Unverfrorenheit krempelte er nach dem Prinzip „Dunkel war's, der Mond schien helle" das schöne, ans Herz gehende alte Märchen um und um, bis sich am Ende die Hexe in ein bedauernswertes Opfer und die Kinder in eiskalte Mörder verwandelt hatten!

Diese massive Kumulation von Schwach-, Irr- und Widersinn traf die Öffentlichkeit so unvermutet, dass sie vor dem Machwerk in die Knie ging. Es wurde, im bescheidenen deutschen Rahmen, ein Bestseller. Traxler lachte sich ins Fäustchen und lebte fortan von den Tantièmen seines Machwerks, während Konrad Salik nicht wusste, wovon er seinen gewohnten Chablis und seine Austern bezahlen sollte. Dieser Missstand, diese schreiende Ungerechtigkeit erfüllte den Dichter mit Ingrimm. Er ruhte nicht eher, bis er die Wahrheit über Hans Traxler herausgefunden und sie in einem fulminanten Enthüllungs- und Abrechnungsroman festgehalten hatte.

Die Wahrheit ist, dass Traxler nicht nur einiges auf dem Kerbholz hat, sondern sich auch noch in kaum verhüllter Form mit seinen widerlichen Schandtaten brüstet. Konrad Salik schildert, wie ihm bei einem Krug Landwein – zu mehr reicht es an diesem Abend nicht – der Name „Hänsel" zuerst stutzig macht. Sollte es sich etwa um „Hänsel" Traxler handeln? Wer aber ist „Gretel"?

Wieder und wieder liest er das Buch durch, und wie so oft bei Archäologen und Kriminalisten übersieht auch er zunächst das Offensichtliche, die dreiste Provokation. Aber nach vielen Abenden emsiger Analyse, als er schon angesichts seiner prekären Finanzlage auf Allgäuer Billigbier umstellen muss, durchfährt ihn der Blitz der Erkenntnis: Der Name, den Traxler als den des Fotografen angibt, nämlich „Peter v. Tresckow" ist ein Anagramm! Lässt man nämlich einige verunklärende Buchstaben wie „v" und „w" weg, verwandelt den harten Verschlusslaut „ck" in die weiche Variante „g" und schüttelt den Rest durcheinander, dann erhält man am Ende: GRETE POSTER! Die Komplizin des abscheulichen „Hänsel"! Atemlos lesen wir, wie Salik nun völlig konsequent ein Steinchen an das andere fügt, bis sich schließlich das Mosaik eines grauenvoll kaltblütigen Mordes ergibt, der nicht im 17. Jahrhundert verübt wurde, wie Traxler uns glauben machen will, sondern im 20.!

Mit diesem lückenlosen Beweismaterial marschiert Salik zur Offenbacher Staatsanwaltschaft, um Traxler und Poster der irdischen Gerechtigkeit zu überantworten. Aber voller Entsetzen müssen wir erleben, wie der unerbittliche Kämpfer für die Wahrheit wegen angeblicher Verleumdung und Ehrabschneiderei selbst angeklagt, verurteilt und für ein Jahr eingebuchtet wird. Nach seiner Entlassung sind die belastenden Papiere spurlos verschwunden.

Konrad Salik verliert den Glauben an die Gerechtigkeit in dieser unserer Gesellschaft und schwört insgeheim einen Eid, die Vergangenheit solcher Persönlichkeiten unangetastet zu lassen, die auf Grund ihrer hohen Stellung, ihres Einflusses und ihrer guten Beziehungen sowieso unantastbar sind.

„Konrad Saliks dokumentarische Forschung und detektivische Recherche erhöhen die Spannung dieses investigativen Romans und höchst aktuellen Thrillers."

Günter Wallraff

Die Drohnen der Königin

Ein erotischer Roman

„Nachsommer, die Drohnen liegen auf dem Diwan, drall und üppig. Die Königin ist unersättlich, der Schoß der Königin ist unersättlich, sie ist schon über fünfzig und liebt es bei Schummermusik. Hinterher wird der Kopf abgeschlagen. Nachsommer, es geht auf Allerseelen zu. Der erste Nebel, Mordgeruch…"

Das ist der Anfang von Saliks Roman, und er hält, was er verspricht: rasende Leidenschaft, Grausamkeit, jäher Tod und langes Vergessen. Über Jahrzehnte wurde der Band nur unter dem Ladentisch verkauft und wanderte von Pennälerhand zu Pennälerhand. Ein erotisches Meisterwerk, das noch heute die Sittenpolizei beschäftigt.

„Geschrieben in einer ebenso festen wie transparenten, ebenso flexiblen wie ausbalancierten Prosa, der schönsten des Jahrhunderts."

Peter Wapnewski

Das Alpenglüh'n

Für Luis Trenker

Was hier wie ein frischer Bergsteigerroman beginnt, enthüllt sich Schritt für Schritt als eine beklemmende Allegorie.

Drei Männer brechen eines Morgens auf, um den Berg zu bezwingen, ein vierter gesellt sich unterwegs dazu, und wie sie in der stechenden Mittagssonne an eine Felswand gekrallt nach unten sehen, erkennen sie: Der vierte, der da mitklettert, ist der Tod! Panische Angst treibt sie nach oben, aber, ohne zu eilen, folgt ihnen der unheimliche Begleiter auf den Fersen. Es gelingt ihnen, den Gipfel zu erklimmen und in keuchender Hast wieder hinabzusteigen. Als sie vom Tal hinaufblicken, sehen sie in der untergehenden Sonne den Tod am Gipfelkreuz, böse reckt er die Knochenfaust in den Himmel, und ein schreckliches „Na wartet!" donnert herab. Diese furchtbaren Worte kann keiner der drei je wieder vergessen. Und tatsächlich stirbt der erste mit 89 Jahren, der zweite mit 95, und den dritten ereilt der Fluch in seinem 101. Lebensjahr.

„Der Roman fragt, was Freiheit bedeutet, und damit auch: ob man überhaupt in diese Welt geboren werden sollte; Fragen, denen sich Konrad Salik mit der nötigen Unerschrockenheit stellt."

Kathrin Witter

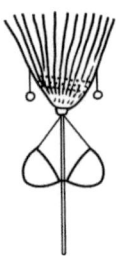

Madame O.

Noch ein erotischer Roman

Dieser Roman erzählt von Anton D., der vom Land in die Stadt kommt und nach langer Suche ein Zimmer findet: Madame Oblatskij nimmt ihn in ihrer Villa auf, zerrt ihn aber schon am dritten Tag in die Besenkammer und fordert ihn zum Geschlechtsverkehr auf. Aus Furcht vor der Kündigung fügt sich Anton D., gerät jedoch in fürchterliche Gewissenskonflikte, da Madame Oblatskij seiner Mutter gleicht, jedenfalls um die Nase herum. Schließlich sieht er keinen andere Ausweg, als durch den Knotenstock des eifersüchtigen Oblatskij erschlagen zu werden...

„Beklemmend die Dämonie dieser qualvoll-seligen und des Helden Scheitern programmierenden Verstrickung, wie sie von Salik mit der angemessenen Mischung von delikatem Takt und präzisen Wissensbedürfnis dargelegt wird."

Peter Wapnewski

Ganz oben

Ein Kopfjägerroman

Günter Wallraff sollte sich was schämen! Da hat er eiskalt Konrad Saliks Methode zu recherchieren nachgeahmt und kein Sterbenswörtchen darüber verloren, geschweige denn eine kleine Aufmerksamkeit an Salik geschickt! Schon eine Schachtel Cognacbohnen hätte den Dichter versöhnlich gestimmt. Nun, unsere Aufgabe ist es nicht, für Gerechtigkeit und Anstand in der Welt zu sorgen.

Deshalb sei hier schlicht berichtet, wie sich Salik, als türkische Reinmachefrau verkleidet, unter dem Namen „Dönsel" im großen deutschen Konzern TÜT verdingt, den er im Verdacht hat, es mit der Menschenwürde nicht so genau zu nehmen. Jahrelang leert Salik alias Dönsel abends Papierkörbe, wischt Tischplatten und führt den Staubsauger hin unher, alles aus den Augenwinkeln scharf beonachtend. Etwas Verdächtiges kann er nicht entdecken, auch die Menschenwürde wird nicht verletzt. Er erhält keinen Klaps auf den Po, keine zweideutigen Angebote, die Entlohnung ist knapp, aber korrekt.

Dennoch wird Salik das dumpfe Gefühl nicht los, dass irgendetwas nicht stimmt, dass irgendwo ein schreckliches Geheimnis lauert. Nachdem er sieben Jahre lang treu gedient hat, wird er auf einen ausgesprochenen Vertrauensposten berufen: Er darf ganz oben, beim Top-Management, Papierkörbe leeren, Tischplatten wischen und Textilböden staubsaugern. Saliks gute Nase führt ihn zum Tresor, der, wie allgemein üblich, hinter dem Porträt des Firmengründers verborgen ist. Sieben weitere Jahre fummelt er an dem Zahlenschloss herum, dann tut sich die Tür auf – drinnen aber ist ein Kopf in Spiritus, der ihn aus trüben Augen anglotzt.

Der Rest ist einfach. Salik findet ohne Schwierigkeiten heraus, dass der fragliche Kopf ehemals einem heiß umworbenen Spitzenmanager der Konkurrenzfirma gehörte. Der Mann war eines natürlichen Todes gestorben, in der Blüte seiner Jahre, und die Konkurrenz hatte seinen Kopf als eine Art Talisman einbalsamiert und im Allerheiligsten aufbewahrt. Mit List und Tücke hatten sich die Kopfjäger von TÜT die Trophäe geholt, sei es um die Konkurrenz zu schwächen, sei es um der überlegenen Denk- und Erfindungskraft des Menschen teilhaftig zu werden. Denn so vernünftig sich unsere Betriebe nach außen hin geben, im Inneren, im Geheimen huldigen sie faulem Zauber und bösem Aberglauben.

Das also ist Saliks Kopfjägerroman, dessen Manuskript noch in seiner Schublade ruht, denn den optimalen Zeitpunkt für eine lukrative Erpressung sieht er noch nicht gekommen. Sollte er aber eines Tages der Romanschreiberei überdrüssig werden, wird er nicht zögern, Kasse zu machen und sich die Einkünfte in die Caymans transferieren zu lassen, wie jeder gute Geschäftsmann mit Risikokapital.

„Konrad Salik offeriert ein Rätselspiel mit tieferer Bedeutung, bei dem der Leser durch wohlgeplante Labyrinthe mit doppeltem Boden geführt wird. Aber am Ende hat er nicht nur das Gefühl, sich fabelhaft unterhalten zu haben, sondern auch, einem Geheimnis nähergekommen zu sein."

Rudolf Walter Leonhardt

Der Höllentunnel

Ein Spukroman

In diesem Roman begegnet der Held in einer menschenleeren Eisenbahnunterführung dem Teufel! Die Atmosphäre ist realistisch und packend geschildert: Eine alte Zeitung liegt auf dem feuchten Boden, klappernd rollt eine leere Dose im Luftzug. Der Teufel ist wie ein Geschäftsmann gekleidet und uriniert gerade gegen die gekachelte Wand. Eine schicksalhafte Begegnung und ein echt deutsches Thema. Als die Gestalt abgeschlenkert hat und sich umdreht, ist es tatsächlich nur ein Geschäftsmann, aber es bleibt ein Gefühl des Grauens.
Ein Roman, der uns an Abgründe führt!

„Konrad Salik ist der deutschen Literatur düsterster Poet und bitterster Prophet. An ihm, dem hartnäckigen Sänger der Auflösung, des Untergangs und des Todes, dem unerbittlichen Dichter dieser finsteren Wollust, scheiden sich nach wie vor die Geister."

Marcel Reich-Ranicki

Der Steiner Franz

Ein Survival-Roman

Überleben ist schwer, für unsereinen sowieso, aber auch für den Könner – so beginnt Konrad Salik diesen Roman. Und dann erzählt die Geschichte eines solchen Könners, nämlich die des Steiner Franz.

Der Steiner Franz hatte schon alles Mögliche überlebt, in der Wüste Gobi, am Amazonas und bei den schrecklichen Kopfjägern Borneos. Immer war der Steiner Franz nicht nur lebend, sondern als strahlender Sieger aus der Situation hervorgegangen. Mit der Zeit fiel es ihm richtig schwer, noch ein einigermaßen interessantes Terrain zu finden.

Schließlich begab er sich nach Alaska, zog mutterseelenallein durch die Wildnis und nährte sich von Würmern und Käfern. Unsereiner hätte sich schon längst zu Tode geekelt, meint Salik, aber dem Steiner Franz war es beinahe zu komfortabel. Tatsächlich befand er sich in gereizter Stimmung, weil die Aufgabe sein Können nicht im Geringsten herausforderte.

Ja, damit sind wir eigentlich schon am Ende des Romans, denn Salik berichtet lakonisch, aber nicht ohne Sympathie, dass sich der Steiner Franz nicht wie vereinbart an der Ranger Station zurückgemeldet habe, von der er ausgezogen war. Ein Suchtrupp habe schließlich einen Haufen Bärendreck, ein trockenes Ästchen und die Reste vom Steiner Franz gefunden.

Der Schluss des Romans ist mehr philosophischer Natur, denn Salik versucht die letzten Stunden des Steiner Franz zu rekonstruieren, um dann die Fragen zu stellen, auf die jeder in einer ähnlichen Situation eine Antwort wüsste.

Ist die Wissbegier dem Steiner Franz zum Verhängnis geworden?, fragt Salik. Er hat wohl mit dem Ästchen den Bärendreck untersucht, mutmaßt der Dichter, weil er wissen wollte, wie so ein Bär überlebt.

Aber hätte sich der Steiner Franz nicht in die Kreatur hineinversetzen müssen? Hat nicht der Bär, als er sehen musste, wie der Steiner Franz da rumrührte, das als Eindringen in seine Intimsphäre empfunden? Umgekehrt wäre es dem Steiner Franz auch nicht recht gewesen, gibt Salik zu bedenken.

Es bleibt ein Roman mit vielen offenen Fragen, aber es ehrt den Dichter, dass er die Rätsel des Lebens und vor allem des Überlebens als solche akzeptiert und nicht ein Happy-End dazukleistert, wo keines möglich ist. Salik schließt mit dem eindringlichen und wortreichen Appell, „Kickapoo Pemmican" allen anderen vergleichbaren Produkten vorzuziehen. Wir dürfen annehmen, dass er von Kickapoo Pemmican Ltd. gesponsert wurde.

„Gerade in seinem Bewusstsein von einer entzweigebrochenen Wirklichkeit äußert sich, exzentrisch und schonungslos, eine uns sehr vertraute Erfahrung, und sie ist es eigentlich, mit der sich Konrad Salik in der europäischen Literatur neue Regionen erobert hat."

Gert Ueding

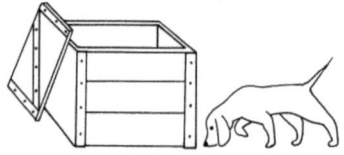

Die Beziehungskiste

Ein Ursprungsroman

Dass Konrad Salik der Erfinder der Beziehungskiste ist, dürfte kaum bekannt sein. Tatsächlich findet man auf Seite 263 seines Monumentalwerks „Aufstieg, Blüte und Fall des Menschengeschlechts" ein solches Möbel aus solidem Buchenholz mit einem verzierten Deckel.

Die Kiste steht zunächst völlig leer und beziehungslos im Hause Oblatskij und erfüllt im Roman keinerlei Funktion. Erst später pfeffert Oblatskij seine gebrauchten Unterhemden hinein, dann folgen die Hüftgürtel von Madam Oblatskij, die der neuesten Mode nicht mehr genügen. Als schließlich Anton D., der Untermieter, heimlich seine alten Socken dazulegt, ist es mit der Unschuld der Kiste vorbei, und es stellen sich vielfältige, geheimnisvolle Beziehungen ein.

„Man könnte, was Konrad Salik tut, philosophisches Schreiben nennen, doch in dem Sinne, dass Gedachtes nicht als Denken vorgeführt wird, sondern wieder in die bedachten Dinge eingegangen ist – als ihre Erwärmung oder auch ihre Erleuchtung."

Peter Hamm

Mord im Nebel

Roman einer Verwirrung

Hermann Hesses berühmtes Gedicht „Im Nebel", das der Dichter speziell für die Sinnsuche an höheren Schulen geschrieben hat, sollte auch Konrad Salik auf Abwege führen. Unbekümmert und auch ein wenig frivol beginnt er seinen Roman mit den Worten: „Seltsam, im Nebel zu wandern!, sagte sich ein Mensch namens Tappert, der sich auf dem Wege nach R. befand und nicht im entferntesten ahnte, wie ihm dieser Nebel zusetzen sollte…"

Offensichtlich verliert Tappert die Orientierung, räumlich wie geistig, denn mit der Zeit steigert er sich in die Wahnvorstellung hinein, er sei der „Kommissar Derrick" und mit dem Auftrag unterwegs, die Indizien eines furchtbaren Verbrechens aufzuspüren und dasselbe aufzudecken.

Lange (150 Seiten) tut sich im Nebel nichts. Dann gesellt sich, wie aus heiterem Himmel, möchte man sagen, wenn das nicht eine faustdicke Lüge wäre, eine streunende Katze zu Tappert. Wie weit die Verwirrung des Menschen schon gediehen ist, zeigt sich daran, dass er die Katze als „Inspektor Klein" identifiziert, der ihn bei seinen Nachforschungen unterstützen soll.

Kommissar Derrick und Inspektor Klein tappen also durch den Nebel und stoßen natürlich auf „Verdächtige", die ein Unbefangener für

Büsche, Bäume oder Steine halten würde. Nicht so Kommissar Derrick, dem nicht entgeht, dass niemand etwas gesehen haben will. „Kein Baum sieht den andern", sagt er misstrauisch zu Inspektor Klein. „Jeder ist – angeblich – allein." Die Katze hört sich alles geduldig an, sagt nichts, doch Derrick glaubt zu vernehmen, wie Inspektor Klein maunzend die Verworrenheit der Situation mit den Worten beklagt: „Voll von Freunden war mir die Welt, als mein Leben noch licht war." Und zustimmend sagt er: „Richtig, mein lieber Klein, nun, da der Nebel fällt, ist keiner mehr sichtbar."

Starker Tobak, den uns Salik in diesem Werk zumutet! Auf die Spitze treibt er es aber, als Kommissar Derrick und Inspektor Klein eine Bande von fünf alten Bäumen stellen und einen davon nach strengem Verhör als Mörder entlarven: Er soll einen sechsten Baum, der jetzt natürlich – der Wahnsinn hat Methode – nicht mehr vorhanden ist, unter den Boden gebracht haben.

Nun, irgendwie gelangen Derrick und Klein nach R., wo sie auf der Polizeistation das Verbrechen und seine Aufklärung melden. Der Polizeibeamte ist skeptisch, verspricht aber, am nächsten Tag mit Tappert (den er als kreuzbraven, gesetzestreuen Bürger kennt) einen Lokaltermin abzuhalten. Jetzt, bei dem Nebel, finde man ja doch nichts, sagt er. Inspektor Klein schließt sich dieser Meinung an, jedenfalls widerspricht er nicht, und so ist Derrick zur Untätigkeit verdammt, obwohl ihm die Sache unter den Nägeln brennt.

Am nächsten Tag am Tatort: Der Polizeibeamte, Kommissar Derrick mit Inspektor Klein auf dem Arm – und fünf harmlose Bäume, keine Blutspuren weit und breit. Als der Polizist den Bürger Tappert vorwurfsvoll ansieht, sagte dieser zu seiner Verteidigung: „Wahrlich, keiner ist weise, der nicht das Dunkel kennt!" – „Was für 'n Dunkel, Tappert?", will der Polizist wissen. Und Tappert erklärt: „Das Dunkel, das unentrinnbar und leise von allen ihn trennt."

Aber da wird es sogar Inspektor Klein zu viel, er springt von Tapperts Arm und flüchtet sich in den Dienstwagen des Polizisten. Tappert bleibt zurück und sagt kopfschüttelnd: „Kein Mensch kennt den andern. Jeder ist allein…" Zum Glück gewinnt er nach einigen Tagen wieder die Gewalt über seinen Verstand zurück und gelobt, nie wieder auf die Worte des Dichters Hermann Hesse hereinzufallen.

„Spielt sich die grauenvolle Geschichte am Ende nur in Saliks Fantasie ab? Geschickt hält der Dichter diese Frage über weite Strecken des Romans offen."

Wolfgang Steuhl

M'Longo und M'Longa

Die Geschichte einer Liebe

Dies ist Konrad Saliks afrikanischer Liebesroman, dessen Manuskript der Staatsanwaltschaft des Passauer Landgerichts zum Opfer gefallen ist. So wissen wir buchstäblich nichts von dem verschollenen Werk. Wir können aber sicher sein, dass es die Geschichte zweier großer Liebender gewesen ist, vergleichbar den großen Liebenden der Weltliteratur: Tristan und Isolde, Romeo und Julia, Hänsel und Gretel, Max und Moritz…

„Ein ganz normaler Vorgang."

Staatsanwalt Raindl

„Der teils ruhige, teils bewegte epische Duktus wird begleitet von zarten lyrischen Obertönen."

Irma Rommel

Die Begegnung

Ein heiterer Roman

In diesem Roman erweist sich Konrad Salik als einer der großen Humoristen unserer Zeit. Über einen ungenügend abgesicherten, also offenen Straßengully, die unterirdische Arbeitsstätte eines Bauarbeiters, fährt ein Lieferwagen. Das linke Vorderrad kracht in das Loch, wobei sich der Fahrer beide oberen Vorderzähne am Steuerrad ausschlägt. Nach einigen Minuten der Benommenheit steigt er aus dem Wagen und begreift die Situation, wozu der Arbeiter unten noch nicht in der Lage ist. Köstlich, wie der Fahrer nun durch seine Zahnlücke wüste Beschimpfungen hinabschleudert, in fränkischer Mundart, ohne eine Pause einzulegen. Langsam dämmert es dem Bauarbeiter, dass sein oben abgestelltes Mittagsbrot bei dem Vorfall verlorengegangen ist, und dumpf hollert aus der Tiefe zurück. Zu gerne würde man sich an die Gurgel fahren, sieht sich aber durch die Umstände daran gehindert. So bleibt es bei einem frischen, spritzigen Dialog, der den Leser ungemein erheitert.

„Dieser Roman, mit seiner tumultuösen Lustlösung am Ende, wirkt aberwitzig spannend und völlig irre."

Joachim Kaiser

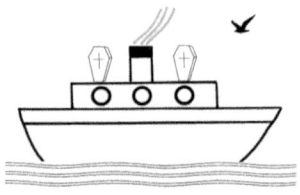

Das Alptraumschiff

Ein See-Roman

Konrad Salik, obwohl damals noch längst nicht im Rentenalter, hatte eine Schiffsreise um die ganze Welt mitgemacht und die Investition keineswegs bereut. Wie spannend eine solche Fahrt sein kann, zeigt dieser Roman.

Auf das Drumherum, also die Liebesaffären zwischen Personal und Passagieren, die Streitereien um die besten Liegestühle auf dem Sonnendeck, das Buhlen um die Gunst des Kapitäns, geht der Dichter nicht ein. Wen das interessiert, der möge sich an seichte Fernsehserien halten. Nein, Salik sieht hinter den Operettenfirlefanz. Dahinter aber liegen – zwölf Zinksärge, die jeder Ocean-Liner bei solchen Anlässen immer dabei hat, denn erfahrungsgemäß ist mit einem Dutzend Abgänge zu rechnen: Dem einen bekommt die Bordküche nicht, der andere öffnet eine Luke, die nicht für ihn bestimmt ist, und fällt drei Meter in die Tiefe auf ein Heizungsrohr, und der dritte langweilt sich schlicht zu Tode.

Auch die erfahrenen Passagiere wissen davon, jedoch graut es ihnen deswegen nicht, im Gegenteil, gerade die Sargfrage steht im Mittelpunkt ihres Interesses und ihrer Wettleidenschaft: Wird man die Zahl ZWÖLF erreichen? Oder ist es die ZEHN? Oder gar die DREIZEHN? Im letzteren Fall muss die Schiffsleitung für eine Behelfslösung im Lebensmittelkühlraum sorgen.

Der Roman konzentriert sich also ganz auf eine Wettgemeinschaft, die beträchtliches Kapital investiert hat. Über Gewährsleute unter den Stewards hält man sich auf dem Laufenden. Auf der Rückfahrt, man schippert schon wieder im Ärmelkanal, ist die SIEBEN erreicht.

Mit einer derart niedrigen Ausbeute hat kaum einer gerechnet. Nur der Passagier Poddel reibt sich die Hände: Wenn es so bleibt, hat er einen tollen Reibach gemacht. Auch der Passagier Buhl hat noch reelle Chancen mit seiner Wette ACHT. Buhl oder Poddel, Poddel oder Puhl – das ist die Frage, und sie führt zu einer interessanten Anschlusswette, bei der Poddel ganz auf Poddel und Buhl zum Trotz auf Buhl setzt.

Helgoland bleibt zurück, Bremerhaven taucht auf. Man will schon Poddel gratulieren – da entdeckt man ihn tot im achten Zinksarg, gewaltsam aus dem Leben in diesen befördert. Hat Buhl also gewonnen? Die Polizei findet rasch heraus, dass Buhl in seiner Zwangslage Poddel umgelegt hat.

Buhl kommt vor Gericht, leugnet nichts und wird zu einer vieljährigen Gefängnisstrafe verurteilt – aber aus dem Gefängnis heraus kämpft er mit Hilfe ausgefuchster Anwälte um seinen redlich verdienten Wettgewinn. Hat er denn nicht recht?, fragt Konrad Salik und fügt hinzu: Allerdings wird er sein Recht wohl kaum bekommen, die Kreuzfahrt-Lobby wird schon dafür sorgen. Denn wer würde sich unter diesen Umständen noch auf eine Kreuzfahrt wagen?

„Konrad Salik pflegt schon hier die Umwege, die Verzögerungen, die präzise Zeitlupentechnik, die er später mit Pedanterie und Meisterschaft weiterentwickeln wird."

Reinhard Baumgart

„Ein Band von Konrad Salik gehört immer in meinen Urlaubskoffer!"

Manfred Bartsch

Der Gang der Dinge

Ein innovativer Roman

Mit diesem Roman beschreitet Konrad Salik neue Wege: Es ist ein Dingroman. Ein untersetzter, nicht unsympathischer Schrank entwickelt eine leidenschaftliche Beziehung zu einer Chaiselongue, die eigentlich einem Sessel versprochen ist, in dem einmal Fürst Metternich auf der Durchreise gesessen hat. Manche Kritiker bemängeln die Statik der Handlung – zu Unrecht. Jeder Leser, der sich in dieses Chambre séparée begibt, wird seiner prickelnden Erotik verfallen. Wilde Ausbrüche, zärtliches Flüstern werden begleitet vom dunklen Vorklang eines tragischen Endes. Tatsächlich stirbt die Besitzerin des Hauses, Madame Oblatskij, ihr Mann jagt sich in seiner Verzweiflung eine Kugel durch den Kopf. Chaiselongue und Sessel wandern auf den Sperrmüll, und der Schrank dämmert dahin in geistiger Umnachtung.

„Eine Parabel vom spontanen Glücksverlangen eines Schrankes und seinem Scheitern."

Wolfram Schütte

Jagdszenen

Ein afrodeutscher Roman

Schockierend beginnt dieser Roman: Hyänen haben nach stundenlanger beharrlicher Verfolgung ein Gnu eingeolt, hängen sich mit ihren Zähnen an die Beine, bringen es zu Fall und reißen dem noch lebenden Tier die Eingeweide heraus. Angeekelt möchte der Leser am liebsten den Band aus der Hand legen, erfährt aber gerade noch rechtzeitig, dass alles im fernen Land der Biru-Biru spielt, im tiefsten Afrika. Der alte Kamokak erzählt die Geschichte, und wie es bei den Biru-Biru ist: Die Worte können auch etwas ganz anderes bedeuten, vielleicht beschreibt der alte Trunkenbold nur, wie die Frauen Wasser vom Fluss holen. So fasst sich der Leser wieder und schmökert weiter. Aber zu seiner Beunruhigung schieben sich langsam in die exotische Szenerie vertraute Elemente, das Land der Biru-Biru scheint näher und näher zu rücken, bis ihm klar wird, dass in Wahrheit das expandierende Unternehmen Datachop in einer deutschen Großstadt gemeint ist, die Konrad Salik nicht explizit benennt. In ganzseitigen Anzeigen werden qualifizierten Bewerbern glänzende Aufstiegschancen versprochen…

„Großartig, einfach großartig! Manches spricht dafür, dass Stuttgart der Schauplatz ist. Möglicherweise logierte Konrad Salik im Stuttgarter Schriftstellerhaus, getarnt als Stipendiat unter anderem Namen."

Widmar Puhl

Dinner for One

Ein Aufsteigerroman

Freddy Duhn ist weit gekommen: Aus kleinsten, bescheidensten, ja beschissensten Verhältnissen hat er sich dank seiner Ellbogen und einer überdurchschnittlichen Portion Gerissenheit hochgearbeitet. Mit dieser Qualifikation hätte er ohne weiteres die politische Laufbahn einschlagen können, aber Freddy beschließt, Kapitalist zu werden.

Nun lässt sich Kapital durch mancherlei Transaktionen gewinnen, die beste und erfolgreichste ist jedoch die richtige Heirat. Freddy Duhn hat auch auf diesem Gebiet guten Instinkt bewiesen. Es ist ihm gelungen, die Liebe in einer Millionenerbin, adlig überdies, zu erwecken. Die Einheirat in das Vermögen scheint nur eine Frage der Zeit zu sein.

Auch die Eltern sind nicht abgeneigt, möchten allerdings den Kandidaten noch einem letzten Test unterziehen, da sie zwar seine geschäftlichen Tugenden zu schätzen wissen, aber keine klare Vorstellung davon haben, wie er sich auf dem gesellschaftlichen Parkett bewegt. Dieses Parkett ist nun äußerst glatt, denn die Familie gehört den allerfeinsten Kreisen an. Im Grunde schwachsinnig, ist sie, da von höchstem Adel, immer sehr begehrenswert gewesen, und so hat sich im Laufe der Jahrhunderte allerlei Kapital und Ansehen angesammelt.

Das ist die Vorgeschichte. Salik konzentriert sich auf das Nadelöhr, durch das der Kandidat hindurchmuss. Er wird zum Dinner eingeladen und vom Familienrat kritisch beäugt. Hier läuft nun manches schief, denn auf alles ist Freddy Duhn vorbereitet, nur nicht auf die Subtilitäten wohlerzogener Nahrungsaufnahme. Er, der gewohnt ist, in sein Essen reinzuhauen wie ein Hafenarbeiter, legt den Ellbogen des linken Arms auf die Tafel, bringt den Suppenteller in Schräglage, um auch den letzten Rest der guten Brühe auszulöffeln, rückt dem entsetzten Fisch mit dem Messer zu Leibe – wir können hier gar nicht die Fauxpas alle aufzählen, die Salik genüsslich ausmalt.

Mit der Zeit merkt Freddy, dass er aus der Rolle gefallen und die Situation äußerst prekär ist. So versucht er, Zeit zu gewinnen und die adligen Dinierer in ihren noblen Gewohnheiten nachzuäffen. Aber gerade das gehört zum Ritual: das arme Schwein vorpreschen zu lassen, um seine Manieren als schweinern zu entlarven.

Als Freddy Duhn zur Einsicht gelangt, dass er den Abend total verpatzt hat, ist ihm alles egal. Er hebt die Schale mit Wasser, das zum Reinigen der fettigen Finger vorgesehen ist, prostet dem trotteligen Baron oder Count zu und leert sie in einem Zug.

Bestanden! Gerührt schließt ihn der Schwiegervater in die Arme. Denn wer in der Öffentlichkeit zu verstehen gibt, dass ihm die guten Sitten scheißegal sind, gehört eindeutig der allerhöchsten Klasse an.

So ist es doch noch zu einer richtigen Liebesheirat gekommen, schließt Salik und fügt hinzu: Als nach einem Jahr die Ehefrau die Scheidung wegen seelischer Grausamkeit und ungehobelter Manieren ihres Ehemanns anstrebt, weist der Familienrat das Ansinnen zurück und beruft sich auf die Familienehre.

„Ein Buch selbstironischer Lust an der Provokation, die aus dem Leben gegriffen ist."

Verena Lueken

Yok, Gurt und die Quarks

Fantasy

In ihrem Reich leben die friedlichen Yoks unter ihrem weisen König Gurt – mit diesen harmlosen Worten eröffnet der geniale Konrad Salik sein ungeheures Epos, das alle Dimensionen sprengt. Alles Friede, Freude, Eierkuchen also - da brechen die räuberischen, abgrundbösen Quarks über die Grenze. Unaufhaltsam prosseln sie vor, ziebelnd, schlagend und ohne Schuck. König Gurt verschanzt sich mit wenigen Getreuen in seinem Schloss Romadur. In dieser verzweifelten Situation wagt der edle Ritter Gorgónzola einen überraschenden Sprotz, besiegt in grimmigem Schubbeln Roque le Fort, den Anführer der Quarks. Nun fluchsen und glibben sie nach Süden, Ritter Gorgónzola hinterher. Er befreit die schöne Prinzessin Bry aus den Fängen der Quarks und kehrt unter großem Heff-Heff zurück in das Reich Yok.

„Hier hat der Mythus, Konrad Salik als souveränes Werkzeug nutzend, zur Form der Wahrheit sich glanzvoll verfestigt."

Peter Wapnewski

Die Kraft des Wassers

Ein Kneipp-Roman

Wie so viele prominente Geistliche – denken wir an Antonius, Augustinus oder Paulus alias Saulus – hatte auch Sebastian Kneip, wie er seinen Namen ursprünglich buchstabierte, ein bewegtes, ja lotterhaftes Leben hinter sich, ehe er auf den richtigen Weg fand. Konrad Salik ist es zu danken, wenn das Bild des großen Wohltäters vom allzu Erhabenen in das Menschliche, manchmal sogar in das Allzumenschliche, also Liebenswerte rückt.

Der Kneip Waschtl war, das muss jetzt einmal klar und unmissverständlich gesagt werden, einem guten Tropfen nicht abgeneigt. Nein, wir wollen nichts beschönigen: Er war ein übler Säufer. Spuren irgendwelcher Genialität oder auch nur Anflüge von Verantwortungsbewusstsein waren nicht zu erkennen. Obwohl die Mutter nachdrücklich auf den Burschen einredete und der Vater ihn sogar mit tüchtigen Watschen für ein gottgefälliges Leben zu gewinnen trachtete, schien alles vergebens. Regelmäßig kam der Kerl völlig blau nach Hause und haute sich in die Falle. Da wuchs ein Sozialfall heran!

Aber eines Nachts erhielt der Kneip Waschtl einen deutlichen Hinweis, dass Umkehr, Reue und Besserung geboten seien. Als er nämlich vom „Goldenen Hirsch" heimtorkelte und in der Dunkelheit einen „Abschneider" wählte, fiel er sturzbetrunken in einen Forellenteich. Viel hätte nicht gefehlt, und die unrühmliche Geschichte des Kneip Waschtl wäre hier zu Ende gewesen. Doch die guten Kräfte in ihm und das eiskalte Wasser bewirkten, dass er mit Armen und Beinen um sich schlug und sich aufrichtig um Besserung bemühte. Tatsächlich konnte er sich halbtot an das rettende Ufer ziehen. Noch auf dem Bauche liegend, schwor er dem Alkohol ein für alle Mal ab.

Das war die Wende im Leben des Sebastian Kneip. Und wenn er auch der göttlichen Fügung manches zugute schrieb, eine besondere Heilkraft erkannte er im kalten Wasser. Packte ihn wieder einmal die teuflische Versuchung, sich einen hinter die Binde zu kippen, dann steckte er einfach den Kopf in einen Eimer eiskalten Wassers, bis der Atem knapp wurde, was seine Erinnerung an das Erweckungserlebnis erfolgreich auffrischte.

Konrad Salik beschreibt nun, wie sich Kneip zu einem Propheten des Wassers entwickelt, wie scheinbar unheilbare Fälle zu ihm nach Wörishofen wallfahrten und wie er immer neue Heilverfahren entwickelt. Ein Patient etwa wird vom Teufel der Fleischeslust gepiesackt, er kann immer nur an das Eine denken und ist unfähig, einem geregelten bürgerlichen Beruf nachzugehen. Kneip hetzt nun am frühen Morgen das arme Würstchen mit nackten Sohlen über eine taunasse Wiese, wo es prompt in eine Glasscherbe tritt, entsetzlich aufschreit und für alle Zeiten geheilt ist. Wieviel Segen ist auch hier vom kalten Wasser ausgegangen!

Wörishofen gewinnt durch Kneip Weltruhm und darf sich mit dem Zusatz „Bad" schmücken. Die Stadt revanchiert sich dadurch, dass sie dem verdienten Bürger ein zweites „p" verleiht – eine noble und auch kostengünstige Form der Ehrung. Sebastian Kneipp also fortan, schreibt Salik und fügt augenzwinkernd hinzu: Auch er hoffe, irgendwann einmal mit einem zweiten „k" nobilitiert zu werden…

„Saliks Kneipp-Roman ist ein Kleinod der deutschen Literatur, das man getrost einen Klassiker nennen kann."

Rudolf Walter Leonhardt

Annalena haut ab

Ein Aussteigerroman

Ein Roman, der ein Kultbuch hätte werden können! Konrad Salik konfrontiert eine Jugend, die sich kleingläubig der Zukunft verschließt, mit einer visionären Utopie.

Annalena – unschwer erkennt man in ihr den Autor selbst – ist Mitglied einer ländlichen Wohn- und Lebensgemeinschaft. Mit eigenen Händen setzt sie Zwiebeln, hackt das Holz, schert das Schaf, melkt, strickt, sät, buttert, kocht. Sie isst, diskutiert, schläft mit Hajo, Mats, Neno u.a. – bis sie eines Tages die selbstgezogene Karotte auf den Tisch knallt und unter allgemeiner Verdatterung verkündet: „Ich steige aus, ihr Scheißkerle!"

Wie kunstvoll hat Konrad Salik diesen herrlichen, befreienden Satz genau in die Mitte des Werkes platziert! Annalena zieht in die Stadt, stopft das unförmige Kleid aus Naturwolle in einen Kanalschacht und vermählt sich mit dem Juwelier Attila Krummrein…

„Ins Largo und Andante dieses Erzählens gerät eine Störung, eine Stimmung von Unruhe, Geheimnis, Illegalität, glücklicher Katastrophe."

Reinhard Baumgart

Der Leser als Autor

Ein heimtückischer Roman

„Wie jeden Morgen setzte ich mich pünktlich um neun an den Schreib-
tisch, um stilistisch tätig zu sein."

So konventionell, ja banal beginnt dieser Roman von Konrad Salik,
und etwas unwillig lässt sich der Leser auf den fogenden Seiten in die
größten Trivialitäten verstricken: Bleistifte müssen gespitzt, Fenster
geöffnet, Strickjacken an- und ausgezogen werden, ja im Zwangskor-
sett der Ich-Perspektive muss er sich sogar zu einer unaufschiebbaren
Verrichtung außer Raumes begeben. Bei alledem kann er sich nicht des
Gefühls erwehren, man wolle ihn in einen Hinterhalt locken, und so
liest er, mit steigender Unlust, aber wie unter einem geheimen Zwang.
Es entgeht ihm nicht, dass die anfangs so minutiösen Angaben allgemeiner und fragmentarisch werden, er ist gezwungen, in seiner Vorstellung Lücken zu füllen. Als er aber mit kaum unterdrücktem Zorn den
Bleistift zur Hand nimmt, um die notwendigen Ergänzungen selbst
vorzunehmen, schnappt die Falle zu. Unmerklich sind die Rollen ver-
tauscht worden: Der Autor hat sich zurückgezogen, sieht schadenfroh
über die Schulter des Lesers, der belämmert vor der leeren Seite 182
sitzt: mit dem Bleistift in der Hand! – Ein tückisches Werk, über das
sich Thomas Mann sehr geärgert haben soll.

„Dieses Buch ist ein Hammer!"

Dieter E. Zimmer

O du fröhliche

Der ultimative Weihnachtsroman

Die Macht des deutschen Weihnachtsfestes scheint ungebrochen zu sein. Jedes Jahr flattern die himmlischen Heerscharen herab und hocken sich in die Schaufenster der Kaufhäuser. Die wunderbaren alten Weisen klingen verführerisch, wo immer sich prall gefüllte Brieftaschen öffnen sollen. Und zieht da nicht heilige Familie selbdritt die Königstraße oder den Kurfürstendamm entlang, begleitet von Ochs und Eselein, aus Plastik und auf Rädern?

Und doch hat dieses lebendige, tief in unserer Wachstumsgesellschaft verwurzelte Brauchtum insgeheim gefährliche Risse bekommen. Konrad Saliks Verdienst ist es, warnend auf die ersten Zeichen einer unerhörten Wende hingewiesen zu haben.

Der Held – oder sollen wir sagen der Unhold? – in seinem abgrundschwarzen Weihnachtsroman ist der zehnjährige Kevin. Seine Kameraden nennen ihn einfach „Apple", denn die meiste Zeit sitzt er im Keller vor seinem Computer gleichen Namens, den er sich durch Jobs im Supermarkt, Trinkgelder sentimentaler älterer Kundinnen und kleinere Diebstähle finanziert hat.

Seine Eltern billigen Apples muffiges Kellerleben keineswegs, der Bub soll raus an die frische Luft, Tretroller fahren oder sich auch im Fußballverein austoben. Aber wer riskiert es heutzutage als Erziehungsberechtigter, bei seinem Kind in Ungnade zu fallen? Es droht doch schon beim geringsten Anlass mit Liebesentzug. Seufzend lässt man also Kevin alias Apple drunten in seinem Loch gewähren.

An Weihnachten aber muss er rauf, da hilft nichts. Der Weihnachtsbaum ist festlich geschmückt, mit elektrischen Kerzen, denn Apple hat als Dreijähriger das mit authentischen Wachslichtern dekorierte Ding umgeworfen und beinahe das Haus in Schutt und Asche gelegt. Doch sonst ist alles wie vor zweihundert oder zweitausend Jahren. Vati kommt als Weihnachtsmann verkleidet hereingestampft, fragt Apple, ob er auch immer artig gewesen sei, und hängt Lebkuchen an den Baum.

Jahrelang hat Apple dieses uncoole Weihnachtstheater ertragen, aber irgendwann muss Schluss sein. beschließt er. Bereitwillig hilft er dieses Jahr beim Aufstellen des Weihnachtsbaumes und installiert sogar das elektrische Beleuchtungssystem – wie stolz sind die Eltern auf das kleine Genie! Vati tappt in seiner läppischen Art herein, stellt seine dummen Fragen, hängt den ersten Lebkuchen an den Baum, den zweiten – beim dritten aber wird er von einem fürchterlichen Stromschlag zu Boden gestreckt (denn Apple hat im Tannengrün ein loses Stück Draht verborgen, das sich in aller Heimlichkeit wie die Schlange im Garten Eden bis zur Steckdose kringelt). Die Mutter sucht den Vater aufzurichten und wird ebenfalls ein weihnachtliches Opfer.

Apple ist also Vollwaise und steigt ungerührt hinab in seinen Kellerraum, um sein Programm DEVIL zu optimieren. Eine Straftat vermutet niemand bei dem aufgeweckten süßen Kind, und so bekommt es nach einiger Zeit sein ganzes, ungeschmälertes Erbe.

Doch das ist noch nicht das Ende des Romans. In einer Schlussszene zeigt uns der geniale Konrad Salik den achtzigjährigen gereiften und geläuterten Kevin, wie er an Weihnachten seine kindliche Tat tief bereut. Er macht sich eine Fläschchen Château Recougne für fünfzig

Euro auf, trinkt Schlückchen für Schlückchen und sagt: „Mein Gott, ich bin ein schlechter Mensch…" Nicht doch!, möchte man ihm als Leser zurufen, es war doch alles nicht so böse gemeint!

„Mit Spannung sieht man hier ein frühreifes Kind, das sich gegenüber allen Widerständen durchsetzt und sich durchbeißt."

Renate Schostack

Mann und Hund

Im Bewusstseinsstrom

In einem Raum sitzt ein alter Mann einem Hund gegenüber und erzählt ihm in immer neuen Anläufen sein Leben. Indem er sich erinnert, verschmelzen die Gesichter der Vergangenheit mit der zottigen Physiognomie des Vierbeiners, was die Gestalten der Mutter und der Geliebten in einem ganz anderen Licht erscheinen lässt. Als aber der Mann, vom vielen Reden durstig geworden, in die Küche geht, um sich ein Bier zu holen, wechselt der Dichter in die Perspektive des Hundes. Der Leser erlebt, dass das Tier nichts von den endlosen Monologen begriffen, sondern selbst nach Hundeart eine Rückschau vorgenommen hat, wobei seine Vorstellungen auf den Menschen projiziert worden sind. Kunstvoll schiebt Konrad Salik die beiden Ebenen ineinander, es ist ein erschütterndes Aneinander-vorbei-Reden. Aber nicht genug damit: Auf einer dritten Ebene stellt sich heraus, dass Hund und Mensch nur Imaginationen des an sich leeren Raumes gewesen sind, in dem schließlich der fürchterliche Verdacht aufsteigt, selbst nur eine flüchtige Laune des ewigen Nichts zu sein.

„Man muss sich mit dieser radikalen und globalen Negativität Konrad Saliks identifizieren, um ihre Ernsthaftigkeit anzuerkennen und ihre Daseinsberechtigung."

Marcel Reich-Ranicki

Eros und Philosophie

Ein archaischer Mythos

In diesem Roman steigt Konrad Salik in die Tiefen und Abgründe der griechischen Mythologie. Ein gewisser Dionysos, klein und unscheinbar, hat kein Glück bei den Frauen, die den Knirps einfach abblitzen lassen. Neidvoll steht er am Zaun und sieht, wie die dicken schwarzen Stiere umschwärmt werden, und im philosophischen Denken geschult, geht er dem Problem abstrahierend auf den Grund.

Die Qualität, die den Stier so attraktiv macht, nennt er in genialer Vereinfachung „Stierheit". Sie muss, so denkt er logisch, im Körper des Tieres eingeschlossen sein. Aber wo? Staunend erleben wir die Anfänge naturwissenschaftlichen Denkens aus dem Geiste der Philosophie. Dionysos geht von der kühnen Hypothese aus, dass die Essenz der Stierheit im Fell des Tieres steckt. Nun gilt es, die Richtigkeit der Annahme experimentell zu überprüfen.

Also klettert er Nacht für Nacht in das Gehege, mordet einen friedlich schlafenden Stier nach dem anderen und wickelt sich in die Tierhaut, um gleichsam osmotisch die Stierheit in sich aufzunehmen. Große Unruhe breitet sich unter den griechischen Bauern aus, die sich die Verluste nicht erklären können und eine Abordnung zum delphischen Orakel schicken. Aber ehe noch die Antwort eintrifft, hört der Spuk wieder auf, da sich die Hypothese des Dionysos als richtig erwiesen hat. In der

Tat hat er so viel Stierheit in sich aufgenommen, dass er, gedankenverloren auf der Wiese neben einer Butterblume sitzend, von einer liebeslüsternen oder auch nur heißhungrigen Kuh einfach aufgefressen wird.

„Wer heute einen solchen Roman vorlegt, der verspricht gleich Mehrerlei: einen mythischen Stoff, ein erzählerisches Programm, ein menschliches Exempel, Suspense und Spannung, die sich zwischen Genialität und Abscheulichkeit seines Helden ergeben."

Wolfram Schütte

Ein Kind wurde geboren

Ein Zombie-Roman

In einer Sparkasse wurde Konrad Salik einmal von Herrn Z. bedient, einem bleichen Jüngling im untadeligen mausgrauen Jackett, dessen Lebensgeschichte sich der Dichter ohne Schwierigkeiten vorstellen konnte. Zuhause setzte er sich hin und begann seinen neuen Roman mit den Worten:

„Das Kind wurde geboren und ist mausetot gewesen. Aber die Eltern haben es taufen lassen und in die Schule geschickt, es ist konfirmiert worden und hat eine Banklehre gemacht, und – was soll ich sagen – es ist ein brauchbares Glied unserer Gesellschaft geworden, und die Vorgesetzten haben gesagt: Wenn nur alle so wären…"

Nun ja, sagt der Leser, hinreißend formuliert, aber es ist doch nur eine These, und eine recht gewagte überdies. Wie geht es denn weiter? Mit der Liebe, der Leidenschaft, der Zeugung, der Arterhaltung also, auf die unsere Gesellschaft nun einmal nicht verzichten kann?

Konrad Salik jedoch beweist es: Es geht! Ja, er beweist sogar – und jede Seite des wunderbaren Romans liest man mit tiefer Befriedigung –, dass dieser Z. keineswegs eine Ausnahmeerscheinung ist, sondern eine der vielen unerlässlichen Stützen einer gesunden, stabilen Gesellschaft.

„Wer dies Buch liest, verändert sich und bleibt doch der gleiche: Er kommt sich selbst näher.“

Klaus Modick

Sprachlos

Ein monologischer Roman

Die Lektüre dieses umfangreichen Romans ist nicht einfach und verlangt dem Leser einiges ab. Es ist ein riesiger innerer Monolog, den Salik, konsequent ohne Punkt und Komma, bis zur Seite 977 strömen lässt. Der Leser wird zunächst von den Sprachfluten einfach mitgerissen, erst langsam dämmert es ihm, dass er im Inneren Stumms, des Sprachlosen, dahintreibt. Allmählich verdichten sich die Wortfetzen zum Bild einer scheinbar alltäglichen Wirklichkeit. Es ist ein gewöhnlicher Stadtpark mit einer Bismarck-Plakette auf einem Granitblok, bevölkert von dem üblichen Personal, dem Parkwächter, dem Alten mit dem weißen Hündchen, den strickenden, breitschenklig dasitzenden Frauen.

In Wahrheit sind die Dinge nur eingeschlossen in ihrer glatten Hülle, die der sehende Blick Stumms langsam durchdringt. Der ordinäre Felsbrocken offenbart sich nach langer Bemühung als der heilige Stein NU, vor dem sich Stumm auf der Seite 977 niederwirft und in fremder Sprache zu psalmodieren anfängt. Der Parkwächter, der die verdächtige Gestalt schon lange observiert hat, schleppt auf Seite 978 den Widerstrebenden zum bereits wartenden Anstaltswagen. Der gefährliche Außenseiter verschwindet von der Szene, und der Park fällt zurück in seine unerlöste Dumpfheit.

„Der Dichter verwirklicht sich mit sensibler Neugier und stiller Betroffenheit, bereit, die Wahrheit zu suchen und die Widersprüche, die sich allenthalben einstellen, auszuhalten."

Hans-Jürgen Heise

Der Donner-Clan

Eine bayerische Familiensaga

Wie entsteht eigentlich ein Roman? Manchmal genügt der kleinste Anlass, sagt Konrad Salik, und zum Beweis führt er folgende Episode an: Auf seinen vielen Forschungsreisen im Dienste der Dichtung war er irgendwann im Sommer in Dingolfing aus dem Zug gestiegen, und ehe er noch sein nahegelegenes Hotel erreichen konnte, war er auf der Straße in einen langen Leichenzug geraten.

Da er es vermeiden wollte, als Nicht-Bayer erkannt zu werden, beschloss er, sich mit seinem Koffer der Marschrichtung zu fügen und mitzutrauern. Seine Nachbarin, asthmatisch, aber dennoch von unaufhaltsamem Mitteilungsbedürfnis getrieben, setzte ihn schnaufend ins Bild. Wir bewundern, wie sich der Dichter die Story in dem ihm fremden Idiom gemerkt und authentisch wiedergegeben hat:

„Beim Schwammerlsuchen im Wald ist sie dem Bösen begegnet. Sie hat's gleich gemerkt, dass es der Böse gewesen ist, so was merkt man. Und da ist's drum gegangen, aus dem Wald herauszukommen, ohne dem Bösen anheimzufallen. Also hat sie's probiert mit Reden und hat auf den Bösen eingeredet, damit er an was anderes denkt. Und der Böse ist so dumm gewesen, darauf einzugehen, und hat auch geredet und hat sogar geholfen, Schwammerl zu finden. Da hat sie gelacht, inwendig. Mit einem großen Korb voll Schwammerl ist sie heimgekommen und hat vom Bösen erzählt, und alle haben gelacht. Und da haben sie die Schwammerl gekocht und haben sie aufgegessen und sind alle gestorben, die ganze Familie, in der gleichen Nacht."

Salik erkannte sofort, dass ihm das Schicksal eine erstklassige Story zugespielt hatte, und er machte daraus einen Roman von 1050 Seiten. Natürlich musste er den etwas kargen Stoff anreichern. Also verwandelt er die siebenköpfige Familie Danner in den etwa fünfzigköpfigen Donner-Clan, dessen gutaussehende Mitglieder pausenlos in Geschäfte, Affären, Intrigen und Betrügereien verwickelt sind. Am Ende aber führt der Dichter die vielen Fäden kunstvoll zusammen: also Pilzessen, und alle sind hin.

Und doch reut den Epiker die vorschnelle Tat, insbesondere deswegen, weil die Vereinigten Deutschen Fernsehanstalten mit ihrer geballten Finanzmacht Geschmack an dem Schinken gefunden haben und Salik als Drehbuchautor für eine vierzigteilige Serie engagieren wollen. Also wird der Donner-Clan in der zweiten, verbesserten Auflage nach dem Ratschluss des Dichters komplett in die Intensivstation eingeliefert und nach drei Tagen bis auf ein paar unbedeutende Nebenfiguren, denen man sowieso umgehend gekündigt hätte, dem Leben zurückgegeben.

Es könnte aber alles auch nur ein böser Traum gewesen sein, meint Salik und fügt hinzu: Falls die Staatsregierung im Rundfunkrat bemängele, dass bayerische Pilze böswillig verunglimpft worden seien, könne man auf selbige auch ohne weiteres verzichten und sie durch eine politisch korrekte Vergiftung ersetzen.

„Gewissen und Moral sind hier relativ, und jeder muss sich entscheiden, ob er Teil dieser Welt werden oder seine eigene Geschichte glauben will."

Sofia Glasl

Die weiße Frau

Ein Gruselroman

Wann immer die rätselhafte weiße Frau bei nächtlichem Mondschein durch die Dünen wandelt, trifft ein unerwartetes Unglück die Inselbevölkerung: Die Eier werden knapp, die Kieler Landesregierung streicht einen bereits bewilligten Zuschuss, oder die Kurgäste knausern plötzlich mit dem Trinkgeld. Kein Wunder, dass uralte heidnische Ängste hervorbrechen, Gnome und Poltergeister siedeln wieder in den geduckten Reetdachhäusern, und Wotan donnert auf seinem dreibeinigen Gaul Richtung Nord-Nordost. Der unerschrockene Pastor erhebt seine Stimme gegen den Aberglauben – vergebens.

Bei einem nächtlichen Thing auf der Heide beschließen die Männer, ein Menschenopfer zu bringen, um die Schicksalsmächte gnädig zu stimmen. Da eigenes Blut nicht in Frage kommt, fällt das Los auf den Lübecker Studenten, an dem man sowieso kaum verdient hat. Wie sie ihn in der nächsten Nacht schon an der Gurgel haben, kommt die weiße Frau mit flehend ausgebreiteten Armen auf sie zugelaufen – es ist die Frau des Pastors! Sie hat eine heimliche Liebschaft mit dem Studenten gepflegt und ist ihm nachts in den Dünen zu Willen gewesen. Da bricht die traditionelle friesische Gutmütigkeit mit lautem Gelächter und Gewieher durch, und man nimmt von der Tat Abstand. Alles renkt sich wieder ein, nur im Pastorenhaus schwelt ein neues Drama.

„Eine Huldigung an den nördlichen Menschenschlag und seinen schwierig zu entziffernden Charme."

Reinhard Baumgart

Gestern, ach gestern

Ein Liebesroman

Wer weiß schon, dass diese Love Story von Konrad Salik die Beatles zu ihrem größten Hit, dem unvergesslichen „Yesterday", inspiriert hat? Wieder einmal war die Gruppe in den Charts tief gesunken. Man saß einfallslos und bedeppert im Studio herum. Um die Zeit totzuschlagen, begann Paul McCartney einen Roman zu lesen, den ihm ein Groupie vor Monaten geschenkt hatte, als sie noch ganz oben standen. Es war Konrad Saliks Love Story! Während sich Ringo Starr in der Nase bohrte, fiel ihm auf, dass Paul immer wieder von einem Schluchzen erschüttert wurde. Um die Geschichte abzukürzen: Alle lasen den Roman, alle waren tief erschüttert. Aus der Begegnung mit der großartigen Dichtung entstand das Lied.

Sie spielten es zum ersten Mal an jenem denkwürdigen Abend in der Royal Albert Hall. Alle vier verbargen ihre rotverweinten Augen hinter Sonnenbrillen. In ihren Herzen klangen noch die Worte nach, mit denen Konrad Salik den Roman enden lässt, als Christopher an Juliet's Bahre kniet und zum letzten Mal ihre kalte Hand berührt: „Gestern schien noch alles so fern zu sein, alle Trauer, alles Leid. Heute möchte ich mich verkriechen wie ein getretener Hund…" Bei der Übertragung ins Englische sind natürlich so manche schöne Wendungen des deutschen Originals verloren gegangen, ein Grund mehr, den Band von Konrad Salik zur Hand zu nehmen, wenn er denn schließlich erscheint...

„ Eine der schönsten Geschichten der Weltliteratur, ein literarisches Meisterstück. "

Johan Schloemann

Der Konrektor

Ein biographischer Roman

Ein Mann ist seines Lebens überdrüssig geworden, in dem er es als Konrektor einer Realschule zu Ruhm und einem bescheidenen Wohlstand gebracht hat. Nun liegt er oben im ersten Stock auf dem Bett, im Straßenanzug, gegen Kissen gelehnt, und schaut hinab auf den träge vorbeiströmenden Fluss. Die alte Zugehfrau bringt ihm wie jeden Morgen einen Kasten Bier, den er bis zum Hereinbrechen der Dunkelheit leert. Der Mann schaut in das Wasser: Ein rostiger Kinderwagen treibt vorbei, Holz, die Fässer der Badischen Anilin- und Sodafabrik. Und wie er schaut, beginnen die Dinge von innen her zu leuchten, sie sprechen in wundersamer Sprache. Da fällt es dem Mann wie Schuppen von den Augen, er meldet sich zum Dienst zurück mit einem ärztlichen Attest, wird Schulleiter, Stadtrat, verliert nach einem nächtlichen Umtrunk die Kontrolle über seinen Wagen, der das Brückengeländer durchbricht und ihn hinabnimmt in die Tiefe seines geliebten Flusses.

„Ein Roman, der in seiner wenn nicht Welt-, so doch Lebenshaltigkeit der wohl bedeutendste Roman Konrad Saliks ist. Ein Mannesleben wird aufgerollt: behutsam, skizzierend, verfließend,"

Volker Hage

Rohrstock und Rilke

Ein Schulroman

Konrad Saliks großer Schulroman hat das Reich des Ungeborenen nie verlassen, obwohl schon einmal ein Manuskript von 900 eng beschriebenen Seiten mit dem Titel „Rohrstock und Rilke" existierte. Als Salik mein Band „Survival in der Schule" in die Hände fiel, rief er mich an – ich aß gerade Bratkartoffel und Hering – und sagte: Man könne zwar alles besser sagen, was ich gesagt habe, da es nun aber gesagt sei, wenn auch in erbärmlicher Form, könne ihn das Thema nicht mehr reizen und sein Manuskript liege bereits verkohlt im Kamin.

O, ich könnte mir die Haare raufen, dass ich dem großen Epiker die Tour vermasselt habe! Doch da es nun einmal geschehen ist, darf ich den geneigten Leser in aller Bescheidenheit auf mein Werk hinweisen, das in jedem guten Antiquariat erhältlich ist.

Ein Mensch wie du und ich

Ein brandaktueller Roman

Dieser Roman ist der clevere Versuch Saliks, die Aufmerksamkeit der deutschen Großkritik zu erregen. Zu diesem Zweck hat er sorgfältig die Thematik und Technik zeitgenössischer Autoren studiert und schließlich ein stromlinienförmig angepasstes Modell auf den Markt geworden.

Von vornherein war klar, dass es ein Mutterroman sein musste, also setzt die Darstellung sehr früh ein: Der Held ist in Windeln gewickelt, beobachtet aber schon zu diesem Zeitpunkt ganz genau seine Umwelt. Die Ablösung von der Bezugsperson will nie so recht gelingen, auch nicht im Internat, das Salik natürlich zur Aufnahme sehr krasser sexueller Szenen verpflichtet. An dieser Stelle fragt sich der besorgte Leser, wie der Dichter wohl den unerlässlichen Sprung in die NS-Zeit schaffen wird. Das gelingt ganz einfach mit einem Bündel alter Briefe, das der Jüngling während der Ferien im Nähkästchen der Mutter findet. Quälende, sprachlich sehr dichte Gespräche. Danach, das ergibt sich konsequent aus der Biographie des Helden, viel Großstadteinsamkeit und zielloses Umherirren in Bahnhöfen und Kaufhäusern. Als die Handlung an dieser Stelle zu sehr im Lyrisch-Elegischen zu versickern droht, lässt der Dichter einen Unbekannten ein Hakenkreuz an die Wand sprühen, was den jungen Mann zum Totschlag berechtigt. Viel später erst, die Begegnung mit der Gelegenheitsprostituierten Anita liegt längst hinter ihm, erfährt er, dass der Unbekannte sein Vater gewesen ist. Die Mutter macht dem nun 50jährigen ernste Vorhaltungen. An dieser Stelle bricht Konrad Salik die Erzählung ab, deutet aber an, dass er den Faden wieder aufnehmen würde, sollte er von der Kritik dazu gedrängt werden.

„Ein Roman, in dem zwingend das Zerstörerische einer schwer lastenden, halb triebhaft-rohen, halb dekadenten Welt sichtbar gemacht wird."

Armin Ayren

Der Kolumnist

Ein Entlarvungsroman

Da hatte der Kolumnenschreiber H. einen Volltreffer gelandet: Die „Südzeitung" bot ihm eine Lebensstellung an: Einmal pro Woche eine ganze Seite vollschreiben, Thema egal – aber immer schön lustig, gelegentlich auch ein Quäntchen Tiefsinn. Das ließ sich H. nicht zweimal sagen. Wie ein Beamter im höheren Dienst strich er regelmäßig ein fettes Honorar ein. Ideen hatte er genug, und er schrieb eine flotte Feder. Und wenn er nicht gestorben ist, dann schreibt er heute noch weiter – so hätte die Geschichte enden können.

Aber ach, so glatt geht es im wirklichen Leben selten. H. musste nach einigen Jahren, die so freundlich dahinplätscherten, die schreckliche Erfahrung machen, dass ihm peu à peu die Ideen ausgingen. Er schrieb zwar in beamtenhafter Pflichterfüllung weiter, doch die Oberen der „Südzeitung" fanden, dass die Kolumnen ins beamtenhaft Vorhersehbare abdrifteten. Herr H., hieß es, entweder es wird besser – oder es ist aus.

Was tun in dieser Notlage?, fragte sich H. Er streckte die Fühler nach Hilfe aus, zuerst bei ehrbaren Adressen, dann aber auch im literarischen Untergrund. Und dabei stieß er auf – Konrad Salik, der wieder einmal knapp bei Kasse war, desungeachtet jedoch von Ideen nur so strotzte. Bei einem konspirativen Treffen im Münchener

Hofbräuhaus wurden sich die beiden einig: Fortan würde Salik als Geisterschreiber fungieren und H. mit Stoff – all inclusive - versorgen. Nun klappte alles wieder hervorragend, und die Oberen der „Südzeitung" waren rundum zufrieden. Sie stockten sogar das Gehalt, wenn wir es so nennen wollen, auf. H. konnte wieder in Saus und Braus leben – ohne einen Finger rühren zu müssen.

Die Sache hatte nur einen Haken: Salik erhielt ledliglich drei Prozent! Zwar hatte er versucht, dem hartleibigen H. ein wenig mehr, eine Art Mindestlohn, abzuringen – vergeblich. Tja, so ist der Stand der Dinge. Doch Konrad Salik hat noch einen mächtigen Trumpf in der Hinterhand: Er arbeitet an einem fulminanten Entlarvungsroman, in dem dieser H. ins rechte Licht gerückt wird. Der Roman beginnt mit einer Schlüsselszene: Wie Salik und H. in einer dunklen Ecke des Hofbräuhauses hocken und Salik mit seinem scharfen Dichterauge die teuflische Aura erkennt, die um H.'s Haupt wabert...

Natürlich wäre es selbstmörderisch, wenn Konrad Salik seinen Entlarvungsroman jetzt veröffentlichen würde. Aber in siebzig Jahren ist es soweit: Dann wird in der Medienlandschaft ein fürchterlicher Blitz niedergehen, und kein Stein wird auf dem anderen bleiben...

„Nur auf der Folie des Tatsächlichen wird dieser Roman von Konrad Salik verständlich, nur im biographischen Kontext relevant."

Samuel Bächli

Tritter-Schwadd

Ein neudeutscher Charakter

Als „männliches Chauvi-Schwein" wurde Konrad Salik beschimpft, als Auszüge seines biographischen Romans bekannt wurden. Wie unsinnig und albern! Mit wieviel Liebe stellt er seine Heldin, die vollschlanke Gundula Tritter-Schwadd, uns vor und lässt uns teilhaben an ihrem Denken und Tun.

Tritter-Schwadd dient dem Leben im weitesten und erhabensten Sinne des Wortes. In ein Buch aus getrockneten Rhabarberblättern schreibt sie mit dem Saft des Stechapfels Gedanken, die sie auf dem Biberacher Bundeskongress der Grünen unter lauter Zustimmung und gelegentlichem Jauchzen vorträgt. Sitz und Stimme im Parlament erscheinen Tritter-Schwadd sicher – da muss sie erleben, wie ihr eigener Kater Fritz sich unerlaubterweise des Buches bemächtigt und es in viehischer Weise zerfetzt. Tritter-Schwadd erleidet einen schweren Schock und kann sich nach dessen Abklingen nicht mehr an früher Gedachtes erinnern.

Böswillige Interpreten wollen in dem Kater den Autor erkennen, den sie als Feind emanzipatorischen Denkens verunglimpfen. Halten wir uns jedoch an die noblen Worte des Kritikers:

„Eine mit viel Kenntnis, Spürvermögen und ritterlicher Sympathie geschriebene Biographie."

Peter Wapnewski

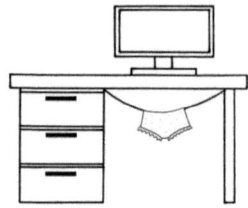

Wollust unter dem Schreibtisch

Ein Büroroman

Dieser Roman ist eine Sauerei, das muss hier offen gesagt werden, bei aller Ehrerbietung vor Konrad Salik, dem großen Dichter. Denn obwohl als „Büroroman" angekündigt, handelt er doch keineswegs von anständiger, entsagungsvoller Arbeit am Aktenschrank oder Computer, sondern darum, wer es wo mit wem und wie treibt. Unglaublich! Die biederen Tischler hätten sich nicht träumen lassen, wozu man ihre prosaischen Möbelstücke dereinst umfunktionieren würde.

Der Dichter musste seine wüsten Fantasien ausleben, er musste durch diesen Sumpf, um frei zu werden für die großen, erhabenen Werke, die alle Schulkommissionen sofort zur Pflichtlektüre erheben würden. Dieser Roman jedoch ist ein Tiefpunkt. Wer ihn unbedingt haben muss, wende sich an www.dirtybooksandmore.uk. 50 Euro oder Pfund, Kreditkarte, PayPal oder Vorauskasse.

„Mich hat dieses Werk von Konrad Salik in einen regelrechten Leserausch versetzt, wie ich ihn lange nicht erlebt habe."

Denis Scheck

Die Glattklatscher

Literatur der Arbeitswelt

In diesem Roman dokumentiert Konrad Salik ein Stück Arbeitswelt und zeigt die erschütternden Umwälzungen im Leben eines Lohnabhängigen. Karl Simoneit arbeitet auf dem Bau, ist ein erstklassiger Glattklatscher. Er stammt aus einem uralten Glattklatschergeschlecht, das die hohe Kunst des Glattklatschens von Sohn zu Sohn weitervererbt hat. Seit dreißig Jahren steht er morgens um sieben auf der Baustelle, und sowie er sich einer Wand gegenübersieht, nimmt er seinen Schleppel (ein Erbstück des Großvaters), und klatsch! haut er den Stuss auf die Ziegel. Sein Chef hat nie Anlass zur Klage, auch wenn Simoneit manchmal in seinem Arbeitsdrang eine Klinker- oder Marmorwand glattklatscht, die der Bauherr lieber im Urzustand gesehen hätte.

Als aber der alte Chef eines Tages vom Gerüst fällt und der Junior den Betrieb übernimmt, ist es mit dem Arbeitsfrieden vorbei. Neumodische Maschinen dringen in die wohlgeordnete kleine Welt Karl Simoneits, der Stuss wird jetzt einfach mit dicken Schläuchen unter hohem Druck an die Wand gespritzt, und der gute alte Schleppel ist überflüssig geworden   mit ihm sämtliche Glattklatscher. In dieser neuen Notlage immatrikuliert sich Karl Simoneit an der Fernuniversität Hagen, promoviert, habilitiert und sorgt als Sinologe recht und schlecht für den Unterhalt seiner acht Kinder.

„Ein Roman, den man innerhalb seiner Zeit und Welt getrost als Ungeheuerlichkeit wird bezeichnen können."

Peter Wapnewski

Die Rose ohne Namen

Ein ecozentrischer Roman

Das Verständnis dieses Romans wird uns durch eine Notiz Konrad Saliks erleichtert: „Ich hatte den Drang, einen Mönch zu vergiften."

Wer hat ihn nicht? Wer aber hat die Möglichkeit dazu in dieser glaubenslosen Zeit? Verblüffend und genial der Einfall des Dichters: Er schafft sich seinen Mönch, nennt ihn Fridolin und hetzt ihn durch allerlei Labyrinthe und Katakomben, getrieben von der Furcht vor Friuwolf, einem zweiten Mönch, 80jährig und blind, aber immer noch im Besitz einer teuflisch guten Nase. Tatsächlich ist es Satan selbst, der in der Abtei umgeht und sich seine Opfer sucht. Nach siebenfachem Anlauf gelingt die Tat: Fridolin verendet – mit ihm aber auch, unter schauerlichem Wehgeheul, Friuwolf! Denn sie sind in Wirklichkeit eins! Zwei Seelen in der Brust des Autors, die in mörderischem Streit liegen. Nachdem sich der Dichter zu dieser Erkenntnis durchgeschrieben hat, bleibt ihm nur noch die große Geste der Verneinung: Alles wird in einem gewaltigen apokalyptischen Brand vernichtet.

„Was da an uns vorbeizieht, was da an fanatischen Missetaten uns in vielen Einschüben äußerst plastisch vor Augen gestellt wird, ist durchtobt von der Unruhe des Spätmittelalters, ist das erzählerische Gegenstück zu Huizingas ‚Herbst des Mittelalters'."

Jörg Drews

119

Schrott

Ein misslungener Roman

Doktoranden auf der Suche nach einem Forschungsgegenstand entdeckten diesen Roman in einer Mülltonne vor dem städtischen Finanzamt in B. Wie war er dort gelandet? Konrad Salik hatte den Roman verworfen, geschreddert und die Reste bei der Abgabe seiner Einkommensteuererklärung in der Mülltonne der Behörde deponiert. Wochenlang lagen die Papierfetzen dort unbeachtet und unentsorgt – eine bodenlose Sauerei und doch ein Segen für die Wissenschaft. Sechs völlig unterschiedliche Fassungen wurden in entsagungsvoller Arbeit erstellt und zwei Jungakademiker in die Anstalt eingeliefert. Als Autoren gelten je nach Textversion Elfriede Jelinek oder Peter Handke. Konrad Salik schweigt…

„Es müsste mit dem Teufel zugehen, wenn sich dieses Werk einer berühmten Poetin oder eines hochgeehrten Poeten nicht günstige Positionen auf den Bestsellerlisten sichern würde."

Marcel Reich-Ranicki

Die Besessene

Ein psychologischer Thriller

Diesem Roman liegt ein Treatment zugrunde, das Hollywood in Auftrag gegeben, aber nie abgeholt hatte. Konrad Salik erdachte die siebenjährige Eileen, die ihre Eltern – durchschnittliche Charaktere in einer kleinen Stadt des mittleren Westens – von ganzer Seele hasst. Wie eine dunkle satanische Wolke hängt dieser Hass über der Stadt. Der Leser ahnt nichts Gutes. Und tatsächlich – eines Morgens wirft Eileen das liebevoll zubereitete Pausenbrot und die geschälten Apfelsinenstückchen auf den Kücheboden. Da erkennen Vater und Mutter die schreckliche Wahrheit, und nichts ist mehr, wie es früher einmal war.

Als echter Profi ergänzt Konrad Salik diese starke Handlung mit kleinen Szenen, bei denen sich das Publikum etwas entspannen kann. Das Nachbarhaus fliegt bei einer Gasexplosion mitsamt dem 83jährigen Großvater in die Luft, ein vollbesetzter Greyhound-Bus kippt in den Yosomee River, es wird verfolgt, geballert, gegrunzt und gequiekt. Aber immer spürbar bleibt Eileens teuflischer Hass, gleich einem giftigen Nebel, der alles durchdringt.

„Salik's accomplishment is, by brilliance of characterisation, wicked imagination und masterly infusion of the rattle of authentic modern city life with the casual, sly drip of cold fear, to compel you to believe the unbelievable."

Susan Sontag

Pfeifen, japsen und keuchen

Ein heiterer Roman

Manche Kritiker halten diesen Roman für missglückt. Wiewohl uns der Dichter im Vorwort versichert, er wolle uns mit einem heiteren Werk erfreuen, wird uns beim Lesen immer weher ums Herz. Das Lachen bleibt uns im Hals stecken. Gegen Ende weinen wir wie die Dreijährigen, die nicht genug zu Weihnachten geschenkt bekommen haben.Tränenüberströmt, schluchzend und schniefend blättern wir um zur letzten Seite – und da macht der Dichter einen so guten Witz, dass uns ein herzhaftes Lachen, ja ein viehisches, nicht enden wollendes Gelächter, ein pfeifender, japsender, keuchender Lachkrampf von allem Leid befreit.

Ein Verlag hat schon großes Interesse an dem Manuskript bekundet, das Buch soll 36 Euro kosten. Es wäre nicht richtig – und auch nicht im Sinne des Verlags, an dieser Stelle mehr über das Werk zu verraten, das ganz von der Überraschung lebt.

„Wir gehen als Verwandelte aus Saliks Roman heraus."

Gisela Dischner

Vom Feuer verbrannt

Ein amerikanisches Epos

Konrad Salik erzählt die Geschichte des fantasiemächtigen Art S. Truth, des blonden Jungen aus einem Dorf in Iowa, der so voller Geschichten steckt, dass er sich den anderen einfach mitteilen muss. Diese rohen Kreaturen sind jedoch nur an Mais- und Schweinepreisen interessiert und jagen den Jungen davon. So verschließt er sich und verlässt das Haus seines Vaters nicht mehr, die reine Stimme der Poesie verstummt. Die Jahre vergehen, der alte Truth stirbt und mit ihm das bisschen Kommunikation, das Art noch gehabt hat.

Da treibt es den jungen Dichter, in dessen innerem Ohr die wunderbarsten Worte klingen, an das abgegriffene Haushaltsbuch des Vaters, in dem noch ein paar Seiten leer sind, er schreibt, was er hört, er will aussprechen, was ihn bewegt. Er schreibt das Buch in einem Zug voll, holt sich stoßweise Hefte, Bögen, Papierrollen aus dem Drugstore und schreibt und schreibt. Die Koffer und Kisten füllen sich, die Regale, die Schränke. Die benachbarten Farmer schütteln den Kopf über Crazy Art, wie sie ihn nennen, aber halten ihn mit Naturalien am Leben.

Auf verworrenen Wegen dringt die Kunde von dem seltsamen, schreibenden Kauz zu Chuck Eisenstein, dem mächtigen New Yorker Kritiker, der schon immer einen Riecher für verborgene Talente gehabt hat. Er kommt und liest, er liest den ersten Koffer, den zweiten: Es ist reines Gold, herrlichste Poesie – Melville, Faulkner, Capote, Auster in einem! Wie berauscht geht er ins Maisfeld, schlägt sein Wasser ab und singt, singt – man bedenke: Chuck Eisenstein, dieser kalte Lurch – , singt dem aufsteigenden Mond entgegen.

Als er sich aber umdreht, sieht er zu seinem Entsetzen, wie aus dem Hause Arts die Flammen schlagen. Dieser hat, da seine Mitteilungen ja gelesen worden sind, sein schriftstellerisches Werk als beendet betrachtet und Feuer gelegt. Schreiend rennt Chuck Eisenstein zurück und versucht zu retten, was zu retten ist – vergebens. Die Balken des Holzhauses krachen herab. In dieser Nacht verliert die amerikanische Literatur ihre großartigsten Werke und Eisenstein den Verstand. Seine letzten Jahre verbringt er in einer Anstalt in Concord, Massachusetts, wo man den Greis gelegentlich murmeln hört: „Art S. Truth."

Der so Genannte aber beginnt ein ganz neues Leben, baut Mais an, züchtet Schweine, besäuft sich regelmäßig am Wochenende und wird ein brauchbares und geachtetes Mitglied der kleinen Gemeinde.

„The fire? Art said it just happened. It was the cat, he said, knocked down the candle. They could not prove anything, of course, so he got quite a bit of insurance money. He was too clever for them. We just call him Smart…"

Larry Dayton

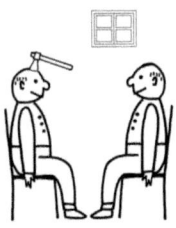

Der reine Fall

Ein Kriminalroman

Auf einem einsamen englischen Schloss vertreibt sich eine Abendgesellschaft die Zeit mit angeregter Plauderei, in deren Verlauf ein Mr. Holmes behauptet, er könne jedes auch noch so mysteriös erscheinende Verbrechen allein durch logisches Denken und Schlussfolgern aufdecken. Ein gewisser Dr. Watson bestreitet das und bietet eine Wette. Sie führt dazu, dass Holmes und Dr. Watson in einem kahlen Zimmer eingeschlossen werden, das Fenster ist vergittert, nur ein Beil lehnt an der Wand. In der Nacht, in der sich Holmes und Dr. Watson auf zwei Stühlen gegenübersitzen, geschieht scheinbar nichts. Doch als der Morgen dämmert, wird Holmes gewahr, dass das Beil in Dr. Watsons Kopf steckt. Faszinierend nun, wie Mr. Holmes alias Konrad Salik eine Fülle von Erklärungsmöglichkeiten ausbreitet. Atemlos fiebert man der Lösung entgegen. Durch scharfes Nachdenken kommt Holmes dahinter, dass er selbst das Beil geschwungen haben muss.

„Die Leser sind zu beneiden, die die Lektüre von Saliks Roman noch vor sich haben: eine spannende Detektivgeschichte, die einen von der ersten bis zur letzten Seite durch das Buch reißt Die Lösung ist großartig und tiefsinnig."

Jörg Drews

Wege zum Ruhm

Von der Literaturszene

In diesem Roman erzählt Konrad Salik von der Gefährlichkeit des Dichtens. Jedes Jahr drängen die mageren Jungdichter in den Kraal, den man für sie in der Lüneburger Heide errichtet, um sich den strengen Augen und unfehlbaren Ohren der Kritiker zu stellen. Lob und unerhörte Ehrungen sind zu erwarten – oder Verdammnis und jäher Tod.

So stehen sie innen am Zaun und lesen aus ihren Manuskripten, alle zugleich, jeder nach seiner Art: Mit donnerndem Eifer der eine, sanft modulierend die andere, da zirpt es nach Heuschreckenart und grollt dumpf aus den Eingeweiden – alles ist erlaubt, nur Aufhören wäre tödlich. Ein unbeschreiblicher, vielstimmiger Lärm steigt in den hohen Himmel der Norddeutschen Tiefebene, wachsam umkreisen die Kritiker, die Hand bedächtig am Doppelkinn, die keuchende, klagende, flehende Herde. Da streckt der Oberste der Juroren seine Hand aus, der Schlachter stößt zu und zerlegt mit kundiger Hand den, der nicht genügte. Nun löst sich die Spannung, heiter und ausgelassen schmaust man beim Festbankett, der edelste der Dichter erhält einen Lorbeerkranz und einen fetten Vertrag.

„Ein Buch wie ein Echolot. Was da heraufdringt aus verschütteten Tiefen, klingt allerdings grollend, düster, verzagt auch.“

Fritz J. Raddatz

Was aber ist dein Ziel, o Mensch?

Ein existenzieller Roman

Ein Mann vom Lande kommt in die Stadt, um zu suchen. Er hat nur eine dunkle Vorstellung, was er sucht, spürt aber sofort: Er wird es nicht in der prächtigen Königstraße finden, sondern allein in der abseitigen Schmalen Straße. Seine gute Nase führt den Mann stracks vor die Nummer 22, wo unter einer roten Lampe breitbeinig die dicke Margot steht und nur auf ihn gewartet hat, wie sie sagt. Diese warmen Worte nimmt der Mann vom Lande dankbar auf, dennoch treibt ihn eine Unrast weiter, bis vor die Nummer 9, wo ihn jäh die Einsicht durchzuckt: Hier muss es sein! Denn er sucht, das weiß er jetzt, die Zwölf Bücher der Wahren Erkenntnis, in einer preiswerten Taschenbuchausgabe. Als ihn aber der Türsteher mit milder Stimme nach seinem Begehren fragt, begehrt er plötzlich doch mehr nach der dicken Margot.

Auf den folgenden 200 Seiten beschreibt Konrad Salik sehr eindringlich, wie der Mann zwischen der Nummer 9 und der Nummer 22 hin- und hergerissen wird, wie er in nagender Unentschlossenheit seine gute Witterung, ja jegliches Orientierungsvermögen verliert.

Als er aber eines Abends wieder vor der Nummer 9 steht, öffnet sich die Tür für einen Spalt, und ein übermächtiger Glanz bricht aus dem Inneren. Er sieht, neben Kerzen und Lorbeer – Konrad Salik und hört, wie der Dichter aus seinem 22. Roman vorliest, der da beginnt mit den

Worten: „Ein Mann vom Lande kommt in die Stadt. Er kommt in die Schmale Straße und hält vor der Nummer 9..." Da weiß der Mann: Es ist alles, alles gut. Es ist die Nummer 9. Und getröstet geht er zu der dicken Margot, Nummer 22...

„Aus diesem Werk Konrad Saliks spricht die Stimme des Gewissens, leise, nachhaltig und mit einer didaktischen Grundeinstellung."

Hans-Jürgen Heise

Die Prohaska

der Schmalzl und der Jellinek

Ein Wiener Roman

Diesen Roman hat Konrad Salik im Wiener Milieu angesiedelt, das er kennt wie sein Hosentascherl. Die Handlung dreht sich um die Prohaska, den Schmalzl und den Jellinek. Die Prohaska schafft an, und der Schmalzl und der Jellinek leben davon, so gut es geht. Zunächst verläuft alles harmonisch, sodass Konrad Salik Zeit hat, uns mit dem melancholischen Zauber der alten Habsburgerstadt vertraut zu machen. Wie sich aber der Schmalzl im Handstreich eine goldene Uhr kauft und der Jellinek plötzlich vor dem Nichts steht, kommt es zu einem fürchterlichen Streit.

In einer rasanten Verfolgungsjagd sehen wir den Schmalzl und den Jellinek durch das Gerüst turnen, das wie immer den Stephansdom umgibt. Sie stürzen hinab, ineinander verknäult und brechen sich beide das Genick. Die Witwe Prohaska führt den Geschäftsverkehr noch einige Zeit in eigener Verantwortung fort und kauft von dem Ersparten das renommierte Kaffeehaus Josephinger. Bald wird bekannt, dass es dort den besten Mokka von ganz Wien gibt. Wie die Fliegen fallen nun die Literaten und Künstler ein, der junge Karl Kraus notiert eifrig die Bonmots, die Konrad Salik zur Unterhaltung der Kaffeehausgesellschaft aus dem Ärmel schüttelt, und begründet so einen Weltruhm…

„Konrad Salik schildert ganz alltägliche Szenen und demaskiert dabei unaufdringlich eine Lebenslüge und deren komplizierte Struktur. "

Volker Hage

Der Volksvertreter

Ein Polit-Thriller

In diesem Roman sehen wir einen Politiker in rastloser, ja rasender Bewegung, Wie ein Irrlicht flackert er über die Seiten, zunächst auf kommunaler Ebene, dann durch Land und Bund. So dynamisch ist die Bewegung, dass sich die Erscheinung kaum zu einem Bild verdichtet, es bleibt nur der Eindruck von zwei engstehenden Augen und einem flachen Maul. Dafür wird der Leser akustisch, wenn man so will, reich entschädigt: Viel Geschrei ohne erkennbaren Inhalt füllt die Kapitel, und am Ende hat es der Held geschafft, er wird nach Moskau eingeladen und friert sich beim stundenlangen Vorbeidefilieren von uniformierten Sowjetbürgern beide Ohrwatscherln ab. – Ein großer politischer Roman von Konrad Salik über einen großen Mann unserer Zeit.

„Eine oft gnadenlose Genauigkeit im Detail, ja eine Monumentalisierung des Kleinen, der Enge."

Reinhard Baumgart

Der große Crash

Ein futurologischer Roman

Diesen Roman hat Konrad Salik widrigsten Umständen abgerungen. „Der Stoff ist im höchsten Maße ungeschmeidig", notiert er in sein Tagebuch, und wenig später spricht er gar von dem „ungeliebten Helden", mit dem er sich herumschlagen müsse. Gemeint ist der Schiefe Turm von Pisa.

Nun hat dieses Thema schon viele potente Geister gereizt, aber am Ende sind sie doch alle an der Ungeschmeidigkeit des Stoffes gescheitert, und der Turm ragte weiterhin auf wie ein stolzer, unbezwungener, ein wenig tüdeliger Mount Everest. Auch Salik kommt mächtig ins Schwitzen. Nach vielen missglückten Versuchen gewinnt er die Einsicht, dass er sich ganz auf das konzentrieren müsse, was er als den „prägnanten Moment" bezeichnet.

Das können aber unmöglich die Jahrhunderte sein, in denen sich der Turm mehr oder weniger in der Vertikalen behauptet hat, und schon gar nicht die Jahrtausende, in denen nur ein kläglicher Steinhaufen die einstige Existenz des Gebäudes bezeugt. Es kann nur der Moment des Falls sein.

Experten haben errechnet, dass dieser Fall am 2. Juli 2146 exakt um 15.31 Uhr, also zur besten Kaffeezeit, eintreten wird. Salik schildert nun diesen Tag. Es ist ein herrlicher toskanischer Sommer (zum Glück weht kein störender Wind vom Meer her), um den Turm herum hat man ausreichend Sitzgelegenheiten aufgestellt, auch die Versorgung mit Lasagne, Pizza, Vino und Espresso klappt für italienische Verhältnisse gut. Kurz, es ist auf welsche Art urgemütlich.

Die Boys vom Fernsehteam der amerikanischen ABC zählen: Three - two - one - zero. Aber nichts geschieht! Kein Crash-down, kein Take-off, der Turm glotzt schief und hämisch herüber. Das Publikum wird unruhig. Die Minuten, ja Stunden verstreichen. Man fühlt sich geprellt, man will das teure Eintrittsgeld zurück, Tumulte, Schlägereien – na immerhin eine kleine Entschädigung für das Fernsehen. Doch insgesamt ist der Tag ein riesiger Flop gewesen.

Am nächsten Morgen aber reibt man sich ungläubig die Augen. Der Schiefe Turm ist einfach in der Nacht umgefallen, und kein Schwein hat zugeguckt. Das lässt nun den Walt-Disney-Enterprises keine Ruhe. In Anaheim, Los Angeles, wird das Bauwerk haarklein nachgebaut, als holographisches Wunder, eigentlich noch überzeugender als das schon reichlich vergammelte Original – und jeden Tag pünktlich um 15.31 Uhr kippt der Schiefe Turm von Pisa unter großem Oh und Ah um.

So könnte es kommen, meint Konrad Salik und fügt mit sphinxhafter Unergründlichkeit hinzu: Wenn bis dahin nicht noch mehr umgefallen ist...

„Man nimmt den Roman wie in Zeitlupe wahr, und doch geht es atemlos von einer Welle in die nächste."

Matthias Hannemann

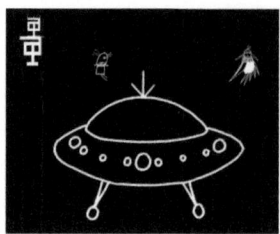

Die letzten Menschen

Science Fiction

Es wäre doch gelacht, wenn Konrad Salik nicht auch den Science-Fiction-Roman zu neuer Blüte bzw. in tiefste Abgründe geführt hätte. Dabei ist der Beginn keineswegs vielversprechend, sondern so abgedroschen wie bei Isaac Asimov, Ray Bradbury oder Stanislaw Lem: Ein bemanntes Raumschiff verlässt die Erde, die endgültig im Eimer ist. Die Menschheit hat sich erfolgreich liquidiert (mein Gott, sind das olle Kamellen, denkt man), nur ein paar Exemplare der Spezies Homo sapiens sind übriggeblieben, Männlein und Weiblein im fortpflanzungsfähigen Alter – die glorreiche Geschichte der Menschheit kann also doch noch weitergehen in der Tiefe des Weltalls.

Das Raumschiff pflügt durch die ewige Nacht, an roten Riesen, weißen Zwergen und schwarzen Löchern vorbei, 300 Seiten lang. Eine bleierne Müdigkeit senkt sich auf den Leser herab. Aber gerade als er sich zu wünschen anfängt, das vermaledeite Gefährt samt seiner sich emsig paarenden Besatzung möge endlich in der Tiefe des Raums verloren gehen, gelingt es Salik, die Aufmerksamkeit mit einem Schlag zurückzugewinnen: Die letzten Menschen bekommen Funkkontakt zu intelligenten Wesen!

Wir verstehen, dass alles Bisherige nur Auftakt gewesen ist, ein Atemholen des großen Erzählers, um mit den Mitteln des traditionellen

Romans völlig andere Denk- und Kommunikationsweisen darzustellen. Und wieder löst Konrad Salik diese wahrhaft übermenschliche Aufgabe souverän. Immer mehr geht sein geliebtes Deutsch in ein Idiom über, aus dem kein Schwein mehr schlau wird. So wissen wir nicht, ob die intelligenten Wesen Funkviren in die Köpfe der letzten Menschen gesetzt und sie somit ihrer Identität beraubt haben oder ob Salik endgültig übergeschnappt ist. Doch gerade diese Ungewissheit ist das Faszinierende des Romans, der in seiner tiefsinnigen Verschlüsselung die Werke eines James Joyce als harmlose Dudeleien eines Einfaltspinsels erscheinen lässt.

„Dieser wunderbare Roman zeigt wieder einmal alle Vorzüge des Dichters Konrad Salik: Noch in Andeutungen schlüssig wirken, mit sparsamsten Mitteln Atmosphäre schaffen, Geschichte und Geschichten zwischen den Zeilen erzählen, die einen unverwechselbaren Ton haben.“

Ulrich Weinzierl

Das Gruppenbild

Ein literarisches Vermächtnis

Dies ist der 77. und bislang letzte Roman von Konrad Salik. Er wirkt wie das Testament des Dichters. Noch einmal versammelt der Dichter in einem gewaltigen Pandämonium die Gestalten, die uns so lieb und teuer sind: Madame Oblatskij, Oblatskij selbst, den Juwelier Attila Krummrein nebst Annalena, Art S. Truth und Chuck Eisenstein, Pablo Picasso, Friedrich und den Hund Blohm. Er erweckt die Mönche Fridolin und Friuwolf noch einmal zu Leben und neuer Hetzjagd, Grete Schumm brät die Kartoffeln, und Gundula Tritter-Schwadd versöhnt sich wieder mit ihrem Kater Fritz. Wie Udo Jürgens schlägt der Dichter ein Potpourri an – schon wissen wir Bescheid, wir sinnen, träumen, die alten Fabeln klingen und summen gar vieltönig in unserem Herzen. Das ist die milde Abgeklärtheit des großen Epikers, der einst als Jüngling seine furiosen Romane der Welt vor die Füße schleuderte...

„Im virtuosen Finale vibriert die schnörkellose, helle Kraft der Sprache, fesselnd, sinnvoll und groß."

Joachim Kaiser

Konrad Solik

Die Salik-Forschung

Noch ist es nicht soweit, aber irgendwann (und vielleicht sogar bald) wird die verdiente Anerkennung Konrad Saliks kommen. Und dann gibt es für unsere Germanisten allerhand zu tun. Unschwer lässt sich vorhersagen, dass der Umfang und die Besonderheit dieses Werkes einen eigenen Zweig innerhalb der Germanistik erfordern wird, für den ich hier den Terminus „Salikistik" vorschlage.

Nachdem sich die Literaturwissenschaft mangels bedeutender, ergiebiger Forschungsgegenstände in immer abstrusere Detailfragen verrannt hat und insbesondere Doktoranden ununterbrochen Schwachsinn produziert haben, dürfte man sich dankbar des neuen Forschungsfeldes annehmen. Ich zweifle nicht, dass die Germanistik an den deutschen Universitäten wieder zu ihrer alten Würde zurückfinden wird. Wenn unsere Germanisten erst einmal auf der richtigen Fährte sind, leisten sie Hervorragendes.

Da sie aber andererseits oft genug bei der Themenstellung keine glückliche Hand bewiesen haben, sei hier eine kleine Auswahl von fruchtbaren Dissertationsthemen aufgeführt. Interessenten mögen sich an „edition imme" wenden. Gehen mehr Meldungen ein, als gegenwärtig Themen zur Verfügung stehen, entscheiden Los, Geld oder gute Beziehungen über die Zuteilung.

Dissertationsthemen (Stand 2022)

Die Bedeutung der Reise Konrad Saliks nach Cloppenburg unter Berücksichtigung seines Abstechers nach Ostfriesland

Studien zur Deutung der Bruno-Gestalt in Saliks Familien-Epos „Die Schumms"

Saliks „Der Feldherr auf der Couch" im Lichte neuerer historischer Forschungsergebnisse

Textkritische Untersuchungen zur Entstehungsgeschichte von Saliks Roman „Schwachdütsch"

Komik, Humor und Ferkeleien in Saliks frühem Romanwerk

Zum Problem der Kontinuität in Saliks „Der Hund, den sie Blohm nannten"

Saliks Konzeption des Tragischen in seinem Roman „Die Seher von Hollywood"

Untersuchungen zur Stellung der Frau bei Konrad Salik anhand der Romanfiguren Gundula Tritter-Schwadd und Madame Oblatskij

Saliks Verhältnis zu Hegels Ästhetik, aufgezeigt an dem Roman „Vom Feuer verbrannt"

Ist „Brenneisen" nur eine Fiktion von Konrad Salik? Zum gegenwärtigen Stand des sogenannten „Philologenstreits"

Personenregister

Ortsregister

Sachregister

edition imme

Wolfgang Brenneisen
2022 Zwölf Monate
Books on Demand, Norderstedt
ISBN 9783754375181

Wolfgang Brenneisen
Australien Terra incognita
Books on Demand, Norderstedt
ISBN 9783754351727

Wolfgang Brenneisen
Sei einfach, einfach du selbst!
Books on Demand, Norderstedt
ISBN 9783750492684

Wolfgang Brenneisen
Schloss Gottorf - der Skulpturenpark
Books on Demand, Norderstedt
ISBN 978375431052660

Wolfgang Brenneisen
I am a Flensburger
Books on Demand, Norderstedt
ISBN 9783755735724

Wolfgang Brenneisen
Tütland
Books on Demand, Norderstedt
ISBN 9783755740391

Wolfgang Brenneisen
Fußball iss ganz schön scheiße
Books on Demand, Norderstedt
ISBN 9783755759881

Wolfgang Brenneisen
24 schöne Postkarten
Books on Demand, Norderstedt
ISBN 9783755741435

Ende